マーシャ・クラーク/著
高山祥子/訳

弁護士サマンサ・ブリンクマン
宿命の法廷(上)
Blood Defense

扶桑社ミステリー
1642

BLOOD DEFENSE (Vol.1)
by Marcia Clark

弁護士サマンサ・ブリンクマン

宿命の法廷（上）

登場人物

サマンサ(サム)・ブリンクマン――弁護士。本書の語り手
ミシェル(ミッチー)・ファスコ――サマンサのアソシエイト
アレックス・メドラノ――サマンサの調査員
セレスト――サマンサの母
ジャック・メイナード――セレストの現在の夫
クロエ・モナハン――テレビ俳優
ペイジ・アヴナー――クロエのルームメイト。モデル、ウェイトレス
ケイトリン――クロエの妹
マーク・パーマー――ペイジの元恋人
デイル・ピアソン――刑事
リザ・ミルストロム――デイルの娘
ザック・チャステイン――検察官
トレヴァー・スコットラー――ウェブメディア記者
イーディ・アンダーソン――ニュース記者
ブリタニー・マーストン――ニュース記者
ニッキ・インガルス――クロエの近隣の住人
ジャネット・レイダー――クロエのアパートの住人
チャズ・ゴーマン――クロエのアパートの住人。麻薬ディーラー
ジェニー・ノックス――元売春婦

プロローグ

LA NOW!.COM
速報　女優のクロエ・モナハンとそのルームメイトが刺殺される
人気ドラマ・シリーズ〈ダーク・コーナーズ〉にレギュラー出演している女優のクロエ・モナハンと、そのルームメイトであるペイジ・アヴナーが、ローレル・キャニオンのアパートメントで刺殺されているのが発見された。当局によると、現時点で容疑者はいない。さらに情報が入り次第、最新情報を配信する。

THE BIZ.COM
警察によると、〈カムバック・キッド〉の出演女優クロエ・モナハンとそのルームメイトは窃盗犯に殺されたとのこと
THE BIZ の調べで、クロエ・モナハンのアパートメントに、彼女とルームメイト

が殺される二ヵ月前に侵入窃盗の被害があったことがわかった。警察署長のウェズ・サンダーズは、同じ人物が再度の犯行を試み、思いがけず女性たちが帰宅したために殺したという可能性を調査中だと言っている。いっぽう、モナハンのフェイスブックには友人やファンからの悲しみと怒りの言葉が殺到し、百万人を超えるツイッターのフォロワーによる、悲しみと正義を求めるメッセージがネットワークにあふれた。

こんなことをしたやつを捕まえろ！　#クロエに正義を

ああ彼女を愛してた！　#悲劇

〈ダーク・コーナーズ〉でのお気に入り。ありえない！　#クロエよ永遠に

1

わたしはスタジオに駆けこみ、メークアップの魔法使いであるボニーの前の、空いている椅子に座った。放送開始時刻まで五分しかない。ボニーは怒ったような目つきでわたしを見て、赤いナイロンのケープをわたしの首に巻いた。

メーク室のテレビ――いつもスタジオのニュース番組がついている――には、クロエ・モナハンのアパートメントの前に立っているレポーターが映っていた。わたしは顔をそちらに向けた。ボニーに顎をつかまれて、顔を元に戻された。でも我慢できなかった。レポーターが担当捜査官を捕まえてコメントを取ろうとしたとき、わたしはまた顔をそちらに向けた。ボニーは怒った表情をした。わたしは鏡のほうに顔を戻した。「ごめんなさい」

何か新しい手掛かりが見つかったのだろうか。いや、なんらかの手掛かり、手掛かり――それだけだ。これまでのところ、憶測が飛び交うばかりで、その大半は窃盗説に基づいていた。わたしが耳にした別の可能性は、麻薬ディーラーだけだった。だが誰もそちらの説を重視していない――だって、その出所は〈ジャスティス・オン・ファイア！〉を司会する口うるさいスキャンダル屋、アマンダ・トレイスだからだ。彼女の番組に頻繁にゲスト出演する、刑事事件弁護人仲間の一人、トニー・バンクスでさえ、この意見には同意せず、クロエは一年近く麻薬と切れていたと指摘した。トニーはあのゲストの仕事とさようならかもしれない。誰も、トレイス女王に反論はできない。それが、わたしが彼女の番組に出ない多くの理由の一つだった。シェリの番組〈クライム・タイム〉に初めて出た直後、プロデューサーから電話が来はじめて、ずっと断わり続けているのに、いまだに諦めてくれない。とても粘り強いのか、短縮ダイヤルにわたしの番号が登録してあるだけの脳なしなのか。

テレビからクロエ・モナハンの声が聞こえて、わたしは驚いてまた画面のほうを見た――ボニーが腰に両手を当てて、わたしを睨みつけた。「もう一度やったら、ブリンクマン、女装したアライグマみたいな顔でテレビに出ることになるわよ」

その晩の論争相手、バリー・ステファノヴィッチ弁護士がふらりと入ってきて、隣の椅子に腰かけた。「ふうん、それも可愛いんじゃないかな」ボニーは鋭い視線を彼に向けた。バリーはボニーにキスを投げ、椅子をわたしのほうに向けた。「やあ、サム」〝女装したアライグマ〟にされてはかなわないと思ったので、わたしは顔を動かさず、彼に向けて小さく手を振るだけに留めた。彼はテレビのほうにうなずいてみせた。「犯人が捕まったら、弁護を引き受けるかい？　大きな裁判になるだろうな」

そうなれば、必ずいい商売になる。幼いころからの親友で、弁護士補助職員で、わたしの法律事務所、ブリンクマン・アンド・アソシエイツのたった一人の〝共同経営者（アソシエイト）〟であるミシェルは言うだろう。「その事件を担当しなさい。うちにはお金が要るの」普通なら、たやすい仕事のはずだ。まったく宣伝効果のない、もっと大変な事件も扱ったことがある、でもこれはちがった。わたしは〈ダーク・コーナーズ〉のファンだった――それもとくに、クロエが好きだった。深夜のトーク番組で彼女を見たことがある。とてもクールで現実的で、気取っていなかった。おもしろかった。テレビでしか見たことのない相手に対して感じる奇妙でおかしなやり方で、わたしは彼女に勝手な親近感を抱いていた。心の中の人間的な部分では、〝とんでもない〟と思った。だが心の中の弁護士が言った。〝そもそも、そのためにこの商売を始めたんじゃないの？　弱者を守るために？〟わたしはかぶりを振った。「わからないわ」

制作アシスタントが、長い一本の三つ編みを背後に揺らしながら駆けこんできた。

「位置についてください。バリー、あなたはスタジオB。サマンサ、あなたはスタジオAね」

ボニーがケープを取り去り、わたしは椅子から立ち上がった。バリーと二人で、廊下を歩いていくアシスタントのあとを追いかけた。「クロエ・モナハンの話はするの？」

アシスタントはかぶりを振った。「話題にはしますが、あなたたちは話しません。まだ地上波のニュースには出ていないから、シェリがクロエの友人の何人かと個人的な話をするだけです」

わたしは眉を上げた。いつから、議論を正当化するのに地上波のニュースが要るようになったのだろう？ バリーはアシスタントの背後で、訳知り顔の笑みを浮かべてみせてから、彼のスタジオに入っていった。

わたしは隣のスタジオAに駆けこんで座った。音声係のデインが待っていた。デインはわたしのブレザーの襟にマイクを留め、イヤホンを手渡して出ていった。空気を圧縮する音とともに、ドアが閉まった。テレビで見たら、わたしは夕暮れどきのロサンゼルスのスカイラインを背景に、どこかの二十六階のおしゃれなオフィスにいるように見える。実際は、印刷された背景幕のぶらさがった、薄暗い狭苦しい部屋だ。閉所恐怖症だったら、壁に飛びこもうとするかもしれない。

メーク室の魔法使いたちと上半身に限った映像のおかげで、わたしはレッド・カーペットを歩いてきたばかりのように見える。スカートを留めている安全ピンとか、四回も底を貼り替えているくたびれたパンプスとか、ブラウスについた古いコーヒーの染みなどは見えない――ブラウスのボタンは、バスルームの洗面台の下に押しこんである大量のスペアのボタンをかきまわすのが面倒くさくて、取れたままの状態だ。

わたしは携帯電話を取り出して、時間ぎりぎりで一つ、ツイッターに書きこみをした。

〝生放送でシェリと共演！　サムロンの事件を話す。兄を撃った十四歳の子のことよ――見てね！　#HLN〟

わたしがケーブル・テレビのニュース番組に出るようになって、六ヵ月ほどだ。世間一般の見方とはちがい、これは報酬のある仕事ではないため、若いか、必死な者しか引き受けない――あるいはすでに成功して、実際の仕事は若者や空腹な者を雇ってやらせ、お楽しみのために出演する余裕のある者か。とにかく実時間の浪費で、わたしに決められることなら、プロデューサーの一人が近づいてきたとき、丁重にお断わりしたはずだ。でもミシェルがわたしたちのあいだに割って入って、「それはぜひ！」と言った。

わたしはうんざりだった。「そんなばかげたことをしてる暇はないわよ、ミッチー」

ミシェルは小声で言った。「気は確か？　この〝ばかげたこと〟をやってこそ、いずれうちの事務所を黒字にしてくれる事件を手に入れられるのよ。やらないような余裕はないわ」

これまでのところ、そのおかげで手に入った仕事は飲酒および／または薬物の影響下での運転が二件と、多数の無料奉仕の弁護だった。でも、ちょっとおもしろい。リムジンの迎えがあるし、ヘアー・アンド・メークアップの魔法使いがすてきに見せてくれるし、裁判官に怒られる心配なしにほかの弁護士たちを叩きのめせる。そのどれに、まずいことがあるだろう？

でもまだ稼ぎにつながると証明されてはいないので、わたしは出演を週に一回か二回に制限していた。このケーブル・テレビの仕事をしている弁護士の多くは、自分の番組を持ちたいと希望している。わたしもそれをときどき考えると、認めざるをえない。愛車のベウラ、古いメルセデスの世話をする金の心配をしないで済むようになりたい。なにしろこの愛するメルセデスは後ろの座席のウィンドーがもう上まで上がらず、後部フェンダーの右側にひどい窪み（偶然にも、ある顧客が殺人罪で有罪になり、その恋人に殺すと脅されたのと同じ日にできた）があるばかりでなく、めちゃくちゃにガソリンを食う。

母ほどいい暮らしができるようになったら、それは個人的には大成功だろう——毎晩金持ちの年寄りのところに忍びこむことはせずに、だ。でも、わたしは自分のしていることが好きだ。自分のしていることを信じている。平凡な人間の擁護こそ、わたしがロー・スクールに行った目的だった。

だからわたしは、何か大チャンスをつかめることを願って、これを続けている。数ヵ月前に番組で一緒になった精神科医に、わたしがケーブル・テレビの仕事をしている本当の理由は、自分が〝ひとかどの人間〟であることを証明する必要があるからだと言われた。それもたぶん、両親に対して証明したいのだろうと。わたしはその精神科医に、父親には会ったことがないし、母親に〝ひとかどの人間〟だと思ってもらえる唯一の方法は裕福な誰かと結婚することだと言い返した。さらに、その精神科医がこのような番組に出ているのは、彼がベリーズのオンライン〝大学〟で学位を取った自惚れ野郎だからだろうと言ってやった。あんなふうにまくしたてるつもりはなかった——とはいえ、自惚れ屋の偉そうなクソ野郎をやりこめて、いい気分でなかったわけではない。でも、テレビ出演の短いキャリアは終わったと思った。わたしはいかに未熟であったことか。プロデューサーはその場で、さらに三回の出演を決めてくれた。

ツイートを終えたとき、音声係のデインの声がイヤホンで聞こえた。「十、数えてもらえるかな、サマンサ？」

「いいわよ」わたしはツイッターのフィードをスクロールしながら、十まで数えた。

〝やっちゃえ、サマンサ！　#とあるタフな弁護士〟

〝大好き、サマンサ！　#とあるホットな弁護士〟

〝嫌な女　#サマンサブリンクマン売女〟

わたしは最初の二つをリツイートし、最後のには返信をした。

〝スペルがまちがってるわよ〟

またデインの声が聞こえた。「よし、サマンサ、十秒したらきみの番だ。準備して」

今夜取り上げる事件は単純なものだった。十四歳のリネット・サムロンは、弱い者いじめをする兄のライアンにうんざりし、父親の九ミリ拳銃を〝借り〟て、三回撃った。普通だったら死ぬところだ。でもライアンは〝安定した容態〟で、安楽に休んでいる。

いわゆる〝悪人の法則〟だ。悪人は体にごっそり穴が開いても無事で、善人はちょっと一発頭を殴られただけで打ちのめされる。

シェリー――わたしのお気に入りの司会者の一人だ。タフでおもしろい――は、まずわたしに振ってきた。「サマンサ・ブリンクマン、あなたはここでの被告側弁護の専門家です。リネットの弁護人たちは事故だったと主張しています。その戦略はなんだと思いますか？」

「リネットはジャスティン・ビーバーを雇ったほうがよかったぐらいだと思います。三発？　事故ですって？　まあ、彼女は法律でなく、人気で勝ちますね。ゴリアテに対するダビデのようなもの。過去にライアンが彼女を虐待した証拠が山ほどあるんでしょう。それを全部見せて、自己防衛を主張すれば――」

バリーが割りこんできた。「おい、サマンサ。自己防衛は主張できないよ。彼女は自分で銃を取りにいって、兄を追いかけて――」

「だからなんなの？　虐待のことを聞いたら、陪審は法律など無視して兄を罰しろと言う。彼女は無罪放免になる。引き金を引くとか、安全装置が機能不全だったことを聞いたら、陪審は〝リネットを罰しろ〟と言うでしょう」

シェリが身を乗り出した。「それでは、サマンサ、あなたは感情的な評決を期待しているのかしら？」

「シェリ、今まで、そうじゃないことなんてあった？」

シェリはこれをバリーに向けた。「あなたは同意しますか？」

バリーは微笑んだ。「それについては、異議はありません。それをどう進めるかという問題にすぎない。でもサマンサの言うとおりです。陪審が虐待について聞けば聞くほど、彼女に有利になる」

今まさに、わたしたちのおかげでそうなっていた。

わたしの最後の出番が終わり、メーク室に行くと、バリーがいた。わたしたちは番組のあとでプロデューサーと一杯やることにした。テレビはクロエのいちばん最近のトーク番組出演時の映像を流していた。ナレーションで、〈ダーク・コーナーズ〉の出演が決まる前の苦労時代を紹介していた。

彼女は人気子役だったが、何年かするうちに番組が放送されなくなり、人気は衰えて無に等しくなった。〈ダーク・コーナーズ〉で役を勝ち取るまで、唯一テレビに出演したのは、何度かあったうちの麻薬関係の逮捕の一つで裁判所に現われたときだった。これで、彼女が殺された悲しみがさらに大きくなった。わたしは画面に向かってうなずいてみせた。「彼女、しばらく苦労していたわよね?」

バリーは化粧を拭き落としながらうなずいた。「クロエの弁護士の一人がポーカーの仲間なんだ。ペイジと一緒に住むようになったとき、クロエは確実に過剰摂取に陥りそうだったって。ペイジとドラマの仕事が、彼女の命を救ったと言っていた」バリーは悲しそうな顔で、テレビを見上げた。「悲劇的な皮肉じゃないか？」

悲劇的という以上に、気の滅入る事件だ。「人生は不公平で、ままならないものよ」

バリーの携帯電話が鳴った。彼は画面を見て眉をひそめた。「出なくちゃならない。先に行っててくれ。席を取っておいてくれよな？」

「わかった」わたしは外に出た。もうすぐライムをしぼった冷たいテキーラが飲めると考えながら。

そのころにはもう暗くなっていた。スタジオはハリウッドの東側にある。夜の散歩に最適の地区とはいえないが、この前の月曜日の朝、〈AM・ホット・スポット〉に出たあと、近道を見つけてあった。でもサンセット大通りのすぐ南の細い通りに入ったとたん、昼間は安全そうに見えたのに、夜はまったく様子がちがうのに気づいた。びくびくするなと自分に言い聞かせたが、一歩踏み出すたびに胃が締めつけられた。歩きながらその通りを見回した。そこで初めて、窓の壊れた廃屋が角にあり、右側の空き地には使用済みのコンドームや捨てられた注射器が月の光を受けて輝いていて、両脇に暗い路地があるのに気づいた。連続殺人犯と一緒に車に乗りこむのを見て、スクリーンに向かって叫びたくなる――ばかね！――ことがあるが、そんな恐怖映画に登場する愚か者になった気分だった。

わたしは真っ暗な道を走り始めた。そう。死んだタフガイよりも、生きている弱虫になるほうを選んだ。ちょうどサンセット大通りに向かって方向転換したとき、背後からすごい速さで追ってくる足音が聞こえた。それと同時に、頭に赤いスカーフを巻いてぶかぶかのジーンズ——内側にショットガンを引っ掛けておく輪があるような——をはいた白人の男が二人、左手の路地から出てきて、これからの六十秒間に何があってもおかしくない恐ろしい目つきで迫ってきた。喉が詰まったような小さな悲鳴とともに、わたしは飛び退いた——そして背後の一団にぶつかりそうになった。彼らの熱い息をうなじに感じた。脂じみた酸っぱい汗のにおいが、蛇のように肩のあたりにまとわりついた。吐きそうになった。

前にいる二人のうちの、背の高いほうの袖から、重そうな金属パイプが滑り出た。男はそのパイプを腿に打ちつけながら、煙草くさい息がかかるほど近くに寄ってきて、こわばった低い声で言った。「黙んな、メス犬」

その瞬間、恐怖の中に怒りが沸き上がった。このクソ野郎はわたしに黙れと言っているの？　その忌々しい頭を首から引きちぎってやりたい。銃に手を伸ばそうとして、持っていないのを思い出した。わたしたちは暗い路地のとば口に立っている。そこに引きずりこまれるのに、五秒もかからないだろう。さらに五秒もあれば、わたしは簡単に殺されている。近くのぼろ家には明かりがついていないが、もし誰か在宅していても、わたしを助けようとするとは思えない。怒りよりも理屈を優先し、わたしは選択肢を考えた。

たくさん現金を持っていたら、男たちに財布を渡して、その儲けで満足してもらうことも期待できた。でもいつものとおり、手持ちの現金は酒一杯分を払える程度だった。でも、交渉の道具はそれしかない。わたしは肩にかけていたハンドバッグを下ろそうとした。その動きを見て、別の男がフードつきのスウェット・シャツのポケットから四四口径の銃を出し、わたしの頭に銃口をつけた。こめかみに冷たい金属製の銃身を感じ、赤い血飛沫とともに自分の頭が破裂する様子を想像した。

背後で、クイジナート製のフードプロセッサーの中で粉砕される砂利のような声が響いた。「動くんじゃねえ、メス犬」

わたしは手を肩においたまま、凍りついた。その声は、どこか聞き覚えがあった。もしかして……？　まちがっていたら、死ぬ。でも賭けてみるしかなかった。

2

かき集められるかぎりの自信をこめて、背後に向かって言った。「デショウン・ジョンソン、何をしているつもり？」

沈黙。ああ、まちがっていた。終わりだ。こうしてわたしは死んでいく。何かするべきだ、誰かの足の甲を踏みつけてやるとか、素早く身をよじって頭突きをするとか。でも頭に銃口を押しつけられていて、何も考えられない。激しい鼓動だけが聞こえる。

そのとき、背後から人影が現われて、わたしの頭に銃を突きつけている男の隣に立った。「ミズ・ブリンクマン？　なんだよ。こんなところで何してんだよ？」

銃を持っている男――その髪型は、ミュージシャンのヴァニラ・アイスを思わせる――が、わたしからデショウンへ視線を移した。「知り合いか？」

「おれの弁護人だ」彼は手を振った。「みんな、下がれ」

ヴァニラ・アイスは一歩下がり、銃をポケットに入れた。もう一人の男はパイプを袖の中に押しこんだ。

わたしの頭から全身に警戒態勢解除の信号が送られて、アドレナリンも引き始めた――それが、ちょっと速すぎた。わたしは息をのんで、嘔吐をこらえた。上着の前を合わせて、腰に両手を回した。

何度か深呼吸をしたあと、ようやく頭がガンガンしていたのがおさまってきて……そこでわたしはふたたび腹を立てた。ものすごく怒った。強盗に遭うのと同じくらい、わたしが嫌いなものは？　事件について必死に働いて、その成果が水の泡となるのを見ることだ。

デショウンの件を手掛けていたとき、幾晩も費やして申し立てをまとめた。わたしが勝てば、彼は自由の身となって家にいられる。だがここでデショウンが強盗を働いているのを警察に見つかったら、二十五年から終身までのあいだ、彼の〝家〟はワスコ州立刑務所ということになる。わたしの申し立てなど、ハリケーンの中の水鉄砲ぐらいの意味しかなくなる。

わたしは彼に近寄って、声を低く保とうと努力した。「これはどういう冗談のつもり？　わたしは必死の思いで申し立てを書いて、あなたのお母さんはおそらくわたしへの支払いのために借金をして、それなのにあなたはここで立派な犯罪をしてる」デショウンはうつむいた。わたしはハンドバッグから携帯電話を出した。「さて、今からお母さんに電話をして、このことを──」

「だめだ！」彼はわたしの手をつかんだ。ママ・ジョンソンは敵に回したくない相手だ、わたしたちはどちらもそれを知っている。彼は周囲を見回して、仲間が見ているのを思い出し、囁くように言った。「なあ、やめてくれよ。どうしてそんなふうに、年寄りを動揺させるんだよ？」

もしここにいるのが二人だけだったら、彼を殴っていただろう。「わ、わたしが悪いの？　わたし、あなたを呼び出して、今夜ここで強盗を働けって言ったかしら？」

デショウンはため息をつき、ヴァニラ・アイスをちらりと見た。「リル・Jのためなんだ。あいつは恋人に指輪を買ってやりたくってさ。銃には弾が入ってもいない」

「それでもあなた、二十五年から終身の刑を食らうわよ」わたしはヴァニラの、銃の重みで垂れさがっているスウェット・シャツや、もう一人の男の袖口からのぞいているパイプのほうへうなずいてみせた。「銃でしょう、凶器でしょう。あなたにはあとがないのよ、デショウン」わたしはこめかみに人差し指をつけた──数分前まで、銃口が押しつけられていたのと同じ場所だ。「よく考えて。大目に見てもらうなんてことは期待しないで」デショウンはうなずいて、また地面に視線を落とした。「リル・

Jに、ゼールズ・ジュエリーで分割払いにしてもらえって言えなかったの？」

デショウンは肩をすくめた。「リル・Jはたいした節約家じゃないんだ。一回か二回やっつけて——誰にも怪我はさせずにだよ——それで稼いだ金でなんとかしろって言ってたんだ」

「いいご指導だわ、デショウン。回数の限度を設けるなんてね」

彼は笑いそうになった。「そうかな？」

「だめよ」

デショウンはわたしの後ろに視線をやって、面目を保とうとして時間稼ぎをした。「わかった、わかったよ。こうしよう、おれはこれから家に帰る。約束する。だからママには電話しないでくれ」

わたしはどうしようか考えるふりをして、いくらか間をおいた。デショウンに少し冷や汗をかかせたかった。彼の仲間を見た。あちらもわたしを見ていた。多少警戒し、それ以上に興味深そうに。「デショウンのためなのよ、彼をまっすぐ家に帰らせて。今すぐ。寄り道はなし。わかった？」

彼らはうなずいた。ハイエナの群れのほうが信用できるような気がしたが、目の前にあるものでなんとかしていかなければならない。わたしはデショウンのフード付きスウェット・シャツのポケットを探った。「銃を引っかけるストラップはつけてる？」

彼は両手を上げた。「つけてない。誓うよ」

わたしは疑うように彼を見た。「そのポケットも見せて」万が一家に帰る途中で警察にとめられて、銃が見つかりでもしたら、もうそれで終わりだ。デショウンはスウェット・シャツのポケットをひっくり返した。空っぽだった。わたしは彼のジーンズを指さした。「そっちもよ」

彼はわざとらしくため息をついた。「かんべんしろよ。言っただろう、きれいだって」彼はわたしの顔を見て、ため息をつき、ジーンズのポケットもひっくり返した。そうしたとき、白っぽい粉の入った小袋が落ちた。わたしはそれを拾い、開いてにおいをかいだ。「ヘロイン？　本当に？」デショウンは麻薬はやったことがなかった。コカインはある。マリファナもある。でも、ヘロインはやっていなかった。わたしは誰かに見られるのを恐れて、それを手で包みこむように持った。「これだけで、売る意図があるとして逮捕されるわよ。何を夢見ているの？」

デショウンはかぶりを振った。「あんたが考えているようなことじゃない。ただの商売だ。こいつは純粋なんだよ。おれは充分へまをした。たぶん五万か、十万だって稼げる」

わたしは彼を見詰めた。どうして再逮捕されずに刑務所の外にいられたのか、不思議なくらいだった。「こんな量の純粋な薬をどうやって手に入れたのか、知りたくもないわ。だけどあなたのお店は、たった今正式に取引を止めました」わたしは小袋をハンドバッグに入れた。

デショウンは目を大きく見開いた。「え？　ちょっと？　ありえない？　どれだけ金を注ぎこんだかわかるだろう？」

「これを持っていて捕まった場合にかかるお金よりは、ずっと少ないでしょう」

彼は手を差し出した。「なあ、頼む。返してくれ。すごい金なんだ」

「わたしがお母さんに電話しないのを喜ぶのね」

デショウンは肩を落とし、むっつりした顔でわたしを見た。ほかの者たちに合図した。「さあ。行こう」

リル・Jがわたしのほうへ身を乗り出した。「あんた、名刺か何かあるか？」ほかの者も言いだした。「そうだな」「おれももらう」「おれもだ」

わたしは名刺を回した。「弁護料は現金のみで、小切手やクレジット・カードはなしよ」彼らに料金をなんとかできるとは思えなかったが、これがその月に——あるいはその年に——彼らができる唯一のまっとうな行為だとしたら、潰したくはなかった。

彼らは歩き始めたが、デショウンは躊躇っていた。彼は通りを見渡し、戻ってきて囁いた。「ほかの誰かに何かされそうになったら、おれを呼べ。わかったな?」

3

翌日、朝の法廷回りを素早く終えて、昼食にまにあう時間に事務所に戻った。ミシェルがわたしの好物を買ってきてくれていた。コーヒーだ。

公費選任弁護人の事務所を辞めて個人事務所を開くことにしたとき、オフィスからいただいてきた古い事務椅子を引き寄せて、ミシェルの机の横に座った。「すてきなシュシュね」今日のは赤と青だった——彼女のコバルト・ブルーのセーターと色が合っている。彼女はいつも髪の毛をポニーテールにしていて、わたしはいつもそれについて一言申し上げる。ミシェルはどちらかというと童顔でチアリーダーのような雰囲気があり、いまだにバーで身分証明書の提示を求められる。左目の上の小さな傷——九年前に強盗に銃で殴られた——は、その印象を増すばかりだ。

ミシェルはわたしを睨んだ。「うるさい。リンガー事件の陪審は、まだ戻らないの？」わたしはうなずいた。「何か質問をしてた？」

だ。

「ぜんぜん」これはいい徴(しるし)ではなかった。何も言わない陪審は有罪の評決を出すもの

バタバタと、警察のヘリコプターの音がした。このあたりでは毎日の——そして毎晩の——ことだ。わたしが事務所をここに決めたのは、安くて、ヴァンナイズ裁判所に近いからだった。いいことずくめの選択だと思ったが、その後、この建物が国内最大のギャングの一つ、バリオス・ヴァンナイズの縄張りのまさに中心にあるのに気づいた。

ミシェルが何か言っていたが、ヘリコプターの騒音で聞こえなかった。わたしはかぶりを振って、天井を指さした。

ミシェルは叫んだ。「彼は証人席ではどうだったの？」

「悪くなかったわ」強姦者で暴漢でクソ野郎にしては、だ。十八歳の被害者、エイダン・マンディはホームレスで、誰かに何か——金、食べ物、あるいは薬——をせびれないかとファストフード店でたむろしていたところでリンガーと会った。エイダンは過去に客引きで逮捕されたことがあった。そこでこれが合意のうえの交渉だったというリンガーの主張が、勝利の決め手になるかもしれなかった。ただし、エイダンは完治するまでに何年もかかるひどい負傷をして緊急治療室に入った——もし完治すると

したらだが。

リンガーは彼を傷つけたりしていない、エイダンは自分と会ったあと誰かにやられたのと混同しているのだと主張したが、わたしはこれを信じておらず、陪審が信じるとも思えなかった。わたしは弁護を短く簡略にし、リンガーがかつて働いていた保険会社から〝リンガーはいいひとだった〟という性格証人を二人連れ出して、弁論を終えた。今すぐにでも、陪審が有罪の評決を出すと思われた。

ヘリコプターが遠ざかり始めた。ミシェルは騒音が静まるのを待った。「ふん、あいつは罰せられてほしいわ。本当に嫌なやつだもの」

その点は議論の余地がない。「自分で言うのもなんだけど、かなりいい最終弁論をしたのよ。聞きたい？」

ミシェルはコンピュータのキーを押し、打ちこみ始めた。「どちらでも。電話サービスを使うのは嫌？　だったら、わたしがよく聞いておくわ。とはいえ、一ヵ月も支払期限が過ぎてるから、今すぐ請求を法廷に出さなければならないの。それから、あなた、自動車の登録代の支払いをしてね」

「いいわ、わかった」わたしはアレックスの部屋のほうを見た――つまり、古くて信じられないほど時間を食うコピー機の置いてある物置部屋ということだ。もしかしたら、カーボン紙を使ったほうがいいのかもしれない。その部屋のドアは閉まっていた。彼はいないということだ。部屋はとても小さくて、ドアを開けっぱなしにしておかなければ、十秒ほどで二酸化炭素中毒で倒れるだろう。「うちの有能な調査員はどこへ行ったの？」

わたしはつい最近、元依頼人であるアレックス・メドラノを調査員として雇った。彼はなんの訓練も受けていないし経験もないが、頭がよくて、恐ろしいハッキング技術を持っている。過去に雇った使えないぐうたらより悪いことはないだろうと考えた。

「家で仕事してるわ。あなたがデショウンの件で欲しいと言った記録を手に入れようとしてる」

「ああ、そう」自分で調査を試みてもよかったのだが、それにはマジでサイバーパンクな技能と――それなりのコンピュータが必要だった。どちらもわたしは持ち合わせていない。わたしは自分の部屋へ向かったが、ミシェルに呼び止められた。

「本当にあの男を雇うの？　だって彼は、泥棒でハッカーなのよ」

わたしは事務所内の安い家具類を見回して、ぴしゃりと額を叩いてみせた。「ああ、そうだった。我が金融帝国を危険にさらすようなことが、どうしてできたのかしら？」

ミシェルはわたしを睨みつけた。「彼に金を盗み取られるとは思ってないわ、嫌なひとね。彼が捕まったらどうするのよ？　わたしたちだって共犯にされて――」

わたしはかぶりを振った。「それはないわ。信じてくれていい」アレックスは、会社のコンピュータに侵入して、自分が販売員をしていたＢＭＷ販売特約店から７５０Ｌｉを二台〝盗み出した〟。でも自分の利益のためにやったわけではない。それには『レ・ミゼラブル』そのもののような事情があった。アレックスの父親は心臓発作で急死し、母親は卒中を起こして二十四時間の介護が必要となり、そのための費用は支払えないため、兄のカーロスが仕事を辞めて母親の世話をすることにした。妹のレティシアは高校を卒業するところだった。奨学金でペンシルヴェニア州立大学に進めることになったが、寄宿舎の費用は払えない。アレックスがこれらの車を売れば、少なくとも数年は払うことができる。それで彼は盗みを働いたが、わたしの意見では彼は泥棒ではない。わたしはミシェルにその話をした。

彼女は疑わしそうな顔つきだった。「ずいぶん悲しい身の上話ね。裏を取ったの？」

「いいえ。どうして彼が嘘をつくのよ？」わたしは彼女を睨んだ。「もちろん調べたわよ」

ミシェルは一瞬考えこんで、それからうなずき、コンピュータの作業に戻った。

「わかった、仕事しよう。リンガー事件の就労時間表をちょうだい。どっちの結果になるにしろ、リンガーはもうすぐ終わりだから」

わたしは会釈して、自分の部屋に向かった。自室の内装は、よく言って初期の〝少しもかまわない〟風のものだ。本当にかまわないからだ。そのうえ、いい印象を与えるべき相手もいない。依頼人はたいてい勾留中だ。扱う事件の大半は裁判所から差し向けられたもので――基本的に、公費選任弁護人が引き受けたがらないなんらかの理由のある、公費選任弁護人が扱うような事件だ。だからここには最低限のものしかない。大きな机と弁護士の椅子（これらはオフィス家具のセールで安く買った）と、机の前においてある不揃いの椅子が二脚。これらはわたしが座る椅子より座面が低い（わたしが立派に見えるように）。コンピュータ以外に机の上にあるのは頭蓋骨の形をしたテキーラの瓶――前恋人からのプレゼント――と小さな翡翠製の〝金のなる木〟で、枝から小型の金色の鈴がぶらさがっている。ミシェルが、霊感が湧くようにとプレゼントしてくれた。今のところ、あまり効果はない。

その日の午後は、ミシェルに言われた書類をまとめるのと、司法取引できそうになりい事件に関する仕事をした。アレックスは六時に現われた。わたしの知っている現実世界の調査員と、なんら変わらない様子だった。でもハリウッドはすぐにでも、彼を使うのではないか。豊かな黒髪を分けてとかし、オリーヴ色の肌で、目は黒いダイヤモンドのようだ。わたしが彼はゲイだと思うと言ったとき、ミシェルはショックだと言った。でも彼女もわきまえたもので、反論はしなかった。ゲイを察知するわたしの能力ははずれたことがない——そして今回も、そうだった。

わたしは前室に出ていった。「元気ないわね。記録のこと、うまくいかなかったの？」

彼はかぶりを振った。

「ねえ、いいのよ。できないときは、できない。それなりに——」

「いや、できる」彼の口調は冷静で、自信に満ちていた。「もう少し時間がかかるだけだ。デショウンの審理はいつだろう？」

わたしは彼の自信ある態度が好きだった。それが正当なものだと知っていた。BMWを盗んで捕まったのは、ちょっとした過ちにすぎなかった。彼はとても腕がいい。だからこそ、わたしは彼に仲間内の取引をさせ、服役することなくすぐさま保護観察にすることができた。彼は、盗みの方法を警察官に教えることに同意したのだ。「彼の審理は来週の予定よ」

彼はフッと息を吐きだした。「二日のうちに、突き止めるよ」彼はミシェルのデスクトップ・コンピュータのモニターのほうを指して言った。そこにはローレル・キャニオンで二人が殺害された事件についての最新の見出しが躍っていた。「ずっと、クロエとペイジ殺害の話ばかりだ」

わたしはうなずいた。まさに引っ切りなしに、放送電波にもイーサネットにも、スーパーマーケットにあるタブロイド紙にもそれがあふれている。逃げたくても、この事件から逃れられない。「でも、クロエの情報ばかりよ。まだ容疑者はいない」常に獲物を探しているミシェルは、目を輝かせてわたしを見た。「あら、きっと捕まるわ。絶対にね。そして捕まったら、あなたが引き受けるのよ」わたしは答えなかった。「サム、真面目に言ってるのよ」

「わかってる」

ミシェルは苛立ってわたしを見た。「解せないわ。あなた、リンガー事件は宣伝効果がないのに引き受けた」

わたしは、リンガーは被害者を殺したわけじゃないと言いそうになった。でもそれが問題ではなかった。問題はクロエだ。ペイジだ。二人についての何かが、身近過ぎるように感じられるのだ。

4

でもわたしは、マスコミが〝キャニオン・キラー〟と名づけたこの事件の報道を追わずにいられなかった。これまでのところ新しく発表されたのは、被害者の女性たちは同じ凶器で刺殺されたこと――切り盛り用のナイフで、これはキッチンのカウンターの上にある包丁立てからなくなっていた。警察の広報によると、犯人や動機について推測するのは時期尚早だとのこと。だがおなじみの識者たちは意見がちがう。彼らはすぐに、切り盛り用のナイフの使用は、犯人たちがあらかじめ計画してはいなかったことを示していて、おそらく女性たちは窃盗のいるところに帰宅してしまったのだろうと意見を述べた。二ヵ月前に二人のアパートメントに窃盗が入ったとき、犯人は開いていたガラスのスライディング・ドアから侵入した。警察が死体を発見したあと、同じドアが開いていたのがわかった。

予想できたことだが、報道のほとんどはクロエ・モナハンについてだった。特に夕ブロイド紙は、麻薬依存症の深みから抜け出し、人気者の座に返り咲いたとたんに暴力的に命を断たれた、若い女優の悲劇をずっと提供しつづけていた。

そのうえマスコミは、新たに印象的な問題を掘り起こしてきた。当時は誰も知らなかったが、子役スターだったころ、クロエは家族にとって唯一の働き手だった。家族というのは、妹と不在がちな父親と、虐待的な母親だ。メークアップ・アーティストたちは、今こそ真実を語らなければならないと感じ（ただし〝小切手ジャーナリズム〟として悪名高きタブロイド紙だけを相手に）、傷跡を隠すための特別なコンシーラーを用意していたと言った。こうした話で、クロエが注目を浴びても母親が表に出てこなかった理由が説明できるのかもしれない。

だがルームメイトのペイジ・アヴナーについては、ほとんど何も書かれなかった。きれいだが華やかさに欠けるペイジは、印刷広告のモデルのかたわらウェイトレスをしていた。恥ずかしい話ではないが、おとぎ話でもない。彼女の話は、クロエの人生の強烈なドラマの陰に隠れてしまっていた。ペイジについての数少ないマスコミでの言及は、彼女とクロエは子どものころ、ペイジの母親がセット内の指導員をしていたドラマ〈オール・オブ・アス〉で出会ったことだった。それ以来、二人は友だちづきあいを続けていたようだ。ペイジの母親のニーナは、たった一人の子どもを失ったことについて、短い悲痛なコメントを出した——ペイジはその小さな家族に残された最後の一人だった。ペイジの父親は何年も前に癌で亡くなっていた。

被害者たちにはまったく非がなくて、唯一の罪は不運にもどこかの悪党が押し入ろうと決めたときに家にいてしまったことだった。

勾留中の容疑者はおらず、まだサメどもは群がってきていない。でもいずれ——誰かが逮捕された瞬間に集まるだろう。マスコミが大騒ぎする要素は揃っていて、騒ぎが大きければ大きいほど、商売にとってはいい。

だがこんなことをしたやつの横に座るほどの価値はあるだろうか？　わからない。公費選任弁護人のオフィスには、依頼人が何人の被害者のはらわたをえぐり出したかは気にせず、そういう連中も全員が貧しくて誤解された不運な者たちなのだと心から信じている友人がいる。実際、そういう者もいるのだが、それより多くが、五分経ったら過去を忘れるしようもないやつだ——だからこそ捕まるのだ。でもごくわずか、生まれついての捕食者としか言いようのない者もいる。そうした者にとっては、恵まれた育児も上質な教育も、セラピーだって、なんの効果ももたらさない。だからといって、彼らのためにわたしが一生懸命闘わないわけではない。ものすごく闘う。ただ、彼らが何者かを忘れはしない。あるいは、本当は正義が勝つべきところなのに、その逆であることがあまりにも多いことを。

キャニオン・キラーがアメリカ一嫌われる人物であっても、わたしはべつにかまわない。この事件に関わっても、世間の人気を得られないとわかっている。憎まれ者への〝荒らし〟をおびき寄せるのは、闘いの一手でもあるのだ。

依頼人を愛する必要はない。好きになる必要さえない。実際、憎むこともある。それは関係ない。わたしはただ、社会のクズ、誰も求めない――求められたことのない者の世話をするためにいる。そのために冷酷にならなければならないなら、そうするだけだ。法廷に入るとき、正義や法律や、公平な闘いなどを気にしてはいない。公平なんて、クソくらえだ。わたしは依頼人を守るためにいる。それがわたしの責務だ。

でもクロエ――そして関連のある、親友のペイジ――はあまりにも現実的で、自分に近すぎるような気がした。二人を殺したのが誰であれ、それは本物の怪物だ。そんなことをしたくそったれの隣に座ると考えただけで、胸が悪くなる。だからわたしはミシェルにこの事件を監視しておけとは言わず、裁判所づきの記者たちに内部情報を教えてくれとも言わず、知り合いのプロデューサーにスクープをちょうだいと頼みもしなかった。

辛くて退屈な仕事の続いた一週間で、金曜日の午後には、わたしはグルーミングへ連れていかれる犬のように足を引きずって歩いていた。その日最後の出廷は、軽犯罪破壊行為の事件だった。依頼人のネイル・タリクマンは十八歳の〝ストリート・アーティスト〟で、酒店の側面を〝魅力的にした〟として現行犯逮捕された。こんなに些細な事件は普通は引き受けないのだが、彼の母親のハリエット（わたしたちはハンクと呼んでいる）はわたしが好きな数少ない——いいえ、唯一の——警察官で、彼女になんとかしてくれと頼まれた。彼女は依頼料を支払うと言い張ったが、わたしは裁判が終わったときに小切手を破り捨てるつもりでいる。

わたしは店主と近隣の住人二人から、可能ならばネイルに金を払ってでも辺り全体に絵を描いてもらいたいという無宣誓での証言を手に入れた——彼らはよろこんで法廷に出向いて証言をすると言った。これらを訴追者に見せたとき、彼は簡単にくずれて、訴えを取り下げた。

ネイルは友人たちとお祝いに出かけ、わたしは数分間、ハンクと廊下で話した。彼女に、クロエとペイジを殺した窃盗犯は絞れているのかと訊いてみた。

ハンクは周囲を見回し、わたしに顔を寄せた。「何も言わないでね？」わたしはうなずいた。「窃盗じゃなかったのよ」

「じゃあ、誰？」

「警察官よ。ハリウッド管区の刑事」

正直いって、こう来るとは思わなかった。

だからといって、この事件を引き受ける気になったというわけではなかったが、刑事が犯人だったという奇妙な事実には興味を引かれた。土曜日は一日じゅうニュースに耳を傾けつつ、一週間のうちにたまっていた大量の用事や雑用をこなした。

朝のうちにミシェルが電話をよこし、メッセージを残していた。「電話をちょうだい、話があるの」でもその夜八時近くになるまで、電話をする余裕がなかった。地元のフラフンホールド・ランドリーでの洗濯は、土曜日だと永遠にかかる。その合間に食料雑貨の買い出し、ドライ・クリーニング、ベウラの洗車をして、一日が終わった。わたしは空腹だった。ミシェルもそうだと願いたかった。「ねえ、もっと早く電話できなくてごめんなさい。ずっと駆けずり回ってて……」

「話があるのよ」

「その前に食べましょう」

わたしは幹線道路沿いによくあるダイナー、〈バーニーズ・ビーナリー〉で会おうと提案した。近くて安くて、ファンキーだ。それにその歴史がいい。ジャニス・ジョプリンやジム・モリソンのような有名なロックスターが常連客だった。貧しい白人たちの避難所でもあった。今ではボーイズ・ダウン、別名ウエスト・ハリウッドの中心に位置するので、その傾向は薄れた。

わたしが店に着いたとき、ミシェルが、すでにチキン・フィンガーとフライドポテトの籠を前にして窓際に座っているのが見えた。わたしが座るや否や、彼女は身を乗り出して話し始めた。低くて差し迫った声だった。「キャニオン・キラーがあの警察官、デイル・ピアソンだったって、聞いてるわよね？」わたしはうなずいた。「法廷で彼に会ったことはある？」

「いいえ。警察官だったなんて、不思議なことね」

「彼は評価の高い警察官だという話よ」

わたしはあきれた顔をしてみせた。「警察官が逮捕されたときは、必ずそう言うでしょう」

ミシェルは鼻を鳴らした。「いいえ、そんなことないわ」

「そんなことあるわよ。いずれにしても、たぶん彼はクロエとつきあってて――」

ミシェルはうなずいた。「彼が彼女の家の侵入窃盗を捜査しにいって、出会ったんだそうよ」

わたしはチキン・フィンガーを一つ食べて、口を拭いた。「犯罪の被害者とつきあってたなんて、ちょっと気持ち悪くない？」

ミシェルはわたしを見詰めた。「そういうのはしょっちゅうあると思うわ。警察官や消防士。彼らは助けにきてくれて――」

「しょっちゅうあることじゃないでしょう」

「まあいいわ。それがなんなのよ？　彼は結婚してたわけじゃない。ほかにどこで女性と出会えるというの？」

わたしはもう一本、チキン・フィンガーをつまんだ。「バーよ。酔っぱらって、わたしたちと同じように、まずい判断を下す」

ミシェルは無表情を決めこんで、さらに続けた。「クロエは胸を、ペイジは背中を刺されてたって。何人かの隣人が、問題の晩に彼がクロエと言い争うのを聞いてる。だから警察は、口論が高じて彼がクロエを刺し、ペイジのことも消すことになったと考えてる」

「警察官がそんなずさんなことをすると――」

「喧嘩であって、計画的な襲撃ではなかった」

わたしは肩をすくめた。「かもしれないわね。建物には監視カメラがあるのかしら？」

ミシェルはフライドポテトを口に放りこんだ。「どうかしら。ニュースで見た限りでは、みすぼらしい小さな建物だった。外廊下でしょう、屋外のカーポートでしょう」

つまりは、我が家とよく似た建物だ。

ミシェルはざっと店内を見てから、テーブルに両手をついて身を乗り出した。「名乗りを上げなさい。これこそ待っていた事件よ、サム。わたしたちは世間に注目されて、大手の仲間入りよ。お金だってそこそこ入るだろうし――」

「警察官はお金を持っていないし、彼の仕事仲間は、恋人を殺した男のために募金をしたりはしないでしょう」

「あなたを雇うくらいのお金は持っているはずよ。それに彼にお金がなかったら、裁判所はあなたを指名せざるをえない。ねえ、サム。考えるまでもない。どちらにとっても利益がある」

わたしはすでに、そういったことを全部考えた。でも一つだけ、まずい点があった。

「彼がわたしを雇うはずはない。わたしがどれほど警察官を嫌いか、みんなが知っていて――」

「だからこそ、彼はあなたを雇うべきなの。信用が増すでしょう」

彼がそのように考えるという確信はなかった。正直言って、わたしはまだ、この事件を手掛けたいかどうかわからなかった。わたしはかぶりを振った。「彼は絶対にそんなことを――」

「するかもしれない。あなたは、裁判所では手堅い評判を得てる。彼の耳にも入っているはずよ」

「そこよ。どうしてわざわざ警察嫌いを――」

ミシェルはわたしの前腕をつかんだ。「サム、わたしは二ヵ月お給料をもらってないし、電気は止められそうだし、家賃だって滞納してる」

わたしはため息をついた。彼女の言うとおりだった。わたしは最後のフライドポテトをつまみながら、渋々うなずいた。「やってみるわ。でも不必要な請求書は払わないでおいて。どう見ても、かなり厄介な仕事になるから」

「いいわ」ミシェルは座りなおした。「それにね、彼が有罪じゃない可能性もある」

わたしはフライドポテトを持っていられないほど、激しく笑った。

その晩就寝するときも、わたしはまだ、ピアソン事件を担当するかどうか、葛藤していた。もしニュース記者たちの言うとおりにことが運んだら、陪審はこの男性をさんざんに切り裂き、もはや埋葬するものさえ残らないだろう。
それにもしこの事件の担当を希望したとして、どうやってデイル・ピアソンに売りこむというのだろう? 月曜日の朝、車で出勤しながら、出だしを考えた。でもどの台詞も、連携を持ちかけるへたな誘い文句のように聞こえた。「わたしは警察嫌いで有名だけど、あなたはちがうの……」あるいはいかがわしいごますりとか。「わたしが警察を大好きなわけじゃないと聞いてるかもしれないけど、じつは大ファンなの。あなたはいいひとだし……」それから……どうしよう? 事務所に着いたとき、わたしはまだ、笑わずに——あるいは喉を詰まらせずに——言えそうなセリフをひねりだそうとしていた。

ドアから中に入ったとたん、ミシェルがコンピュータ越しに手を振ってよこした。「ピアソンのことは心配しないで。もう弁護人は決まった」彼女はニュースのスポットを指さした。

わたしは彼女の背後からそれを読んだ。「デイル・ピアソン、五十一歳、クロエ・モナハンとペイジ・アヴナーの二人が殺された事件の〝参考人〟とされる、ロサンゼルス市警の経験ある刑事は、元警察官で弁護士であるエロル・メシンガーと会ったとのこと。メシンガーは二〇〇二年に警察を離れて以来、警察官の代理人を専門としてきた。過去にメシンガーと一緒に仕事をしたことのあるロサンゼルスの弁護士、スチュアート・ホームズは、〝この事件はエロルにとって本職です。彼はデイル・ピアソンにとって完璧な法律家だと言えるでしょう〟と語った。地区検察官のスキップ・ホイットマーによると、彼のオフィスで証拠の調査がおこなわれていて、起訴内容についての決定は今週末までになされるとのこと」

メシンガー。なるほど。彼はやんちゃな警察官にとって頼みの綱だ。そしてもちろん、彼のお気に入りのスチュアート・ホームズが応援に控えている——彼の補佐役として事件に関わろうと狙っているのだ。「ホームズったら、よく、くわえていたメシンガーのあれを口から出して発言できたわね」

ミシェルは短く笑った。「ある〝セレブの女性〟によると、ちょっとしたこつがあるそうよ」彼女はため息をついた。「わたしたちが大物を狙ったって無理ってことね」

わたしは肩をすくめた。「それで幸いなのかもよ」

5

自分以外の誰かにキャニオン・キラーの事件をぶんどられたとわかった以外は、いつもと変わらない一日だった。でもなぜか、帰宅したときものすごく疲れていて、缶詰のチキン・ヌードル・スープを温めるだけの元気もなくベッドに倒れこんだ。それで、またあのひどい悪夢を見ることなく朝まで眠れるのではないかと考えた。それほど幸運ではなかった。

夢の中で、わたしは何度も何度も切り盛り用のナイフを彼の胸に突き刺し、その都度呻き、やがて服や顔や、両腕まで血まみれになる。わたしは濡れてぬるぬるしているナイフの柄を握ったまま、彼を倒れさせようとして一歩さがる。でも彼は倒れない。彼は微笑む。その意地の悪い目が笑うのを見て、わたしの胸の中が凍りつく。一瞬、身動きできなくなるが、ふたたび熱い怒りが湧き上がり、前に飛び出して素早くバックハンドで彼の喉を切る。彼の首から血が噴き出す。でも彼はまだ笑っている。苛立ち、怒りに震えて、わたしはすすり泣きながら彼の胃にナイフを埋める。一度、二度、三度、吐きそうになるほどの力をこめて。ようやくナイフを引いて、姿勢を立て直す。彼はまだ倒れない。疲れ果て、あえぎながら、わたしはまたナイフを上げる。でも突然、彼に手が届かなくなる。彼は巨大だ。わたしは震えあがって彼を見上げる。すると彼はたった一度の動作で、わたしの両腕をつかんで持ち上げ、壁に押さえつける。彼の手は金属製のクランプのようだ。わたしは自由になろうとして、壁を踵で蹴る。頭を前後にひねると、熱くてくさい息を感じる。彼が口を大きく開けていて——ばかでかい、洞穴のような黒い穴——わたしはその暗闇に飲みこまれそうになる。身動きできず、恐ろしくて、何度も叫ぶが、実際に出てくるのは惨めなすすり泣きだけだ。

喉が詰まったような自分の声で、目が覚めた。鼓動が激しく、喉はヒリヒリしている。あえぎながら、仰向けになった。生きている悪夢の記憶が薄れれば、いずれ夢はなくなると信じていた。でも何年も経った今、まだ夢はほぼ毎晩現われる。唯一変化したのは凶器だ。これまでに銃、ピアノ線、鉈——斧さえ使った。なんでもいい。夢はいつも同じように終わる、彼に両腕を押さえつけられ、身動きできず、恐ろしくて……運が尽きる。

今、わたしは体を丸めて、上掛けの下で震えていた。お気に入りの寝間着、ジャニス・ジョプリンの笑顔がプリントされているTシャツが、汗で濡れていた。寝室の窓のカーテンの隙間から差しこむ柔らかい陽光を見た――あの怪物はわたしの人生にはもう存在しないという現実を確認させてくれた。彼には手が届かないかもしれないが、彼のほうも――まさか――わたしを捕まえたりはできない。夢以外では。

翌朝わたしは、疲れてふらふらになってベッドから出た。額に釘でも刺されたみたいに、ひどい頭痛がした。コーヒーを三杯飲んで、頭をはっきりさせた。でも事務所に向かって出かけようとしたとき、時間は九時半になっていた。遅刻は嫌いだ。

階段を駆け下りて車に飛び乗り、イグニッションにキーを突っこんだ。ベウラが呻きながら、ゆっくり息を吹き返した。こんな日に彼女を相手にすると、叫びたくなる。わたしは飛ぶ必要がある――あるいは少なくとも、五分以内に全力疾走していたい。でもそれは、ベウラのやり方ではない。峡谷のほうを目指してビバリー・グレン大通りに入ったとき、ミシェルが電話をしてきた。「もうすぐ着く?」

「もうすぐよ」わたしは嘘をついた。

「家を出たところでしょう?」ミシェルはわたしのことをよく知り過ぎている。「いいわ。あなた、ダウンタウンに行かなくちゃならないの。陪審が戻ったのよ」

ハロルド・リンガーの事件で、陪審が部屋を出てから、三日が経っていた。陪審が戻るまでの時間の最長記録ではなかったが、それに近かった。「ずいぶん時間がかかったわね」

「ええ。あの男を叩き潰してもらいたいわ。いやったらしい豚野郎。気を悪くしないでね」

「ぜんぜん平気。たぶん、あなたの望みは叶うわ」

証人台で少しでもまともな態度を取らせるために、何時間も指導が必要だった。

「いいわ、すぐに法廷に行く」

今日以降、リンガーに会わなくていいと思うと嬉しくて、わたしは携帯電話でスティーリー・ダンのアルバムをかけ、〈ドント・テイク・ミー・アライヴ〉を歌った。法廷に行くと、被害者のエイダン・マンディが、地区検察官のオフィスから差し向けられた被害者および証人カウンセラーとともに、聴衆の中に座っているのが見えた。その姿は弱々しくて無防備で、両手を膝におき、痩せた体を丸めている。彼を見るのは辛かった。わたしは廷吏のジミーに合図して、待機所に入れてもらった。

リンガーは監房内で行ったり来たりしていた。その四角い顔はいつもは赤いが、今は青白く、額は汗で濡れていた。監房に近づいていくと、彼の手は震えていて、せわしない呼吸をしている。刑務所暮らしは、彼にとって荒々しいものになるだろう。自分でもわかっているはずだ。彼は近づいてきて、柵をつかんだ。「どう思う？」

近づくと、彼のひどく不愉快な体臭が気になって、わたしは顔をそむけた。肩をすくめて、「陪審については予測がつかないわ。でも、できることはすべて――」

廷吏が顔を突っこんできた。「いいですか。裁判官が始めると言っています」

五分後、リンガーは弁護人のテーブルについているわたしの横に座っていた。裁判官が陪審を呼んだ。陪審員たちが出てくるとき、わたしは彼らの顔をよく見た。陪審長がわたしをちらりと見て、あわてて目を逸らした。まずい。評決の書かれた紙を見る裁判官の表情をうかがったが、無表情だった。裁判官はファイルを事務官に渡して言った。「被告人、立ちなさい」

わたしは立ち上がり、リンガーが立つのに手を貸した。彼は今、ものすごく震えていて、踝の鎖が鳴るのが聞こえた。

事務官が、震え声で評決を読み上げた。「わたしたち、上記の訴訟の陪審は、被告人ハロルド・リンガーを……無罪とする」

法廷は静まり返った。わたしは一瞬瞬きをして、それから事務官を見詰めた。正しく聞こえなかったにちがいない。だがそのとき、聴衆から叫び声が上がった。「だめだ！　ありえない！　そんなはずはない！」

振り返るとエイダンが赤い顔をして立っていた。前のベンチ・シートの背をつかんでいる。信じられないという顔で陪審を見る、その頬を涙が伝い落ち始めた。わたしは胸が痛んだ。裁判官が静粛を求め、訴追側代理人がエイダンの肩に腕を回した。わたしは顔を回して、陪審を見た。陪審員の中には恥ずかしそうな顔をしている者がいた。悲しそうな顔の者もいた。裁判官はたいした熱意の感じられない口調で陪審に礼を述べ、これで解散だと言った。数分後、見世物は終わり、法廷は空になった。

リンガーはあれほど沈んでいたのに、今や、おなじみの不愉快な態度にすっかり戻っていた。宙に向かって拳を振り上げた。「わかってた！　あの小男の言うことを信じるやつなんかいない！」

わたしは彼を睨んだ。「十分前にはわかっていなかったでしょう」

「ちょっと緊張してただけだ。証言台で、うまくやってやった。最高に格好よかった！」

うんざりして、わたしは書類鞄をまとめはじめた。

廷吏のジミーが、リンガーを待機所に連れ戻すためにやってきて、わたしを同情するように見た。「彼が法廷で着た服があります。彼のものですか？　あなたのですか？」

ときどき、陪審にオレンジ色のつなぎ姿を見せることのないよう、依頼人にまともなシャツとズボンを用意することがある。でもリンガーは自分の服を持ちこんだ。陪審が評決に至れば、服などどうでもいいので、今はそれを着ていなかった。「彼のよ。待機所にあるの？」ジミーはうなずいた。わたしはちょっと考えた。「わたしにちょうだい。ツインタワー刑務所に持っていって、ほかの所持品と一緒にしておく。彼は今日解放されるのかしら？」

「ええ。五時ぐらいには出るでしょう」

ジミーはリンガーの腕を取った。わたしは書類鞄を持ち上げ、依頼人にうなずいた。「じゃあ、行くわ。幸運をね」普通は、依頼人が家に戻る交通手段を手配するのだが、わたしが考えるに、この嫌な男は勝手に歩いて帰ればいい。

リンガーは鼻持ちならない笑みを見せた。「ああ、ありがとう」

数分後、ジミーはハンガーにかかったドレス・シャツとズボンを拘置所から持ってきた。わたしはそれを受け取り、ツインタワー刑務所に向かった。

所有物室に行き、服を管理人に手渡した。女性管理人はそれらを受け取り、ため息をついた。「検査するべきかしら？」

「いいえ。廷吏が全部調べたわ。このまま持ち帰っていい」管理人は服を入れておくビニール袋を取ろうとした。わたしは手を上げた。「必要ない。彼はすぐにもここに来る。家に帰るのよ」

管理人は片方の眉を上げた。「おめでとう。ということよね」

「そうね。そういうことみたい」

6

事務所に戻って、ミシェルとアレックスにリンガーのことを話した。アレックスは驚いた顔をした。「本当に？　どうして？」ミシェルはあんぐりと口を開けた。「ありえない。あんな汚い虫けらを、どうして自由に歩かせておけるの？」

わたしはかぶりを振った。「わたしの腕がよすぎたのか——」

「実際、あなたは優秀よ。それでもね」ミシェルは深いため息をついた。彼女に電子メールが届いた音がした。ミシェルはコンピュータに歩み寄り、片手を上げた。「聞いて。〝エロル・メシンガーは過去に深い関与があったため、デイル・ピアソンの事件は引き受けられないと発表した〟」ミシェルは顔を上げた。「メシンガーは、デイルに会う前にそのことに気づいていたんじゃない？」

わたしは微笑んだ。「そりゃあ、そうよ。面子を保ちたいだけ。ピアソンが彼を断わったんだわ」

狩りのスリルみたいなものかもしれない。セールの棚に一枚だけ残ったブラウスを、ひどい赤紫色で、ボタンが一つなくなっていて、絶対着ないと心の奥底ではわかっているのに、思わず手を伸ばしてしまうのと同じ、動物的な本能だ。

あるいは、リンガーの裁判に勝って無敵な気分になっていたのかもしれない。わからない。とにかくその瞬間、これを手に入れる気になった。「ピアソンの電話番号がわかる？」

二人はにやりと笑った。アレックスが拳を振り上げた。「了解！」

でも自分の部屋に行って電話を取り上げたとき、わたしは躊躇った。自分自身に、そのままやれと言った。電話をかけろと。でもまだ窓辺に立って、建物のあいだにのぞいている空の切れ端を見ていたとき、ミシェルから内線があった。低い声だった。

「すごく変なんだけど。誰から電話だと思う？　デイル・ピアソン。一番よ」

「わたし……ええと……」

「いいから電話に出なさい、サマンサ」

わたしは電話をつないだ。デイル・ピアソンは自己紹介をして、彼の事件について知っているかとたずねた。もちろん知っていると答えた。彼はすぐに用件に入った。

「弁護人を頼めるかどうか、話がしたい」

彼の声は低くて落ち着いていて、古いシングルモルトのスコッチのようだった。命令を出し慣れている、権威ある響きが感じられた。でも警察官にありがちな、相手を見下したような感じになる一歩手前で踏みとどまっていた。たぶん、いま彼は、最高にいい態度を取ろうとしているのだろう。

「できるかどうかわからないわ、デイル。かなりの事件を扱っているもので」これは、優位な立場をとるための、戦略的な答えだった。もし彼の事件を引き受けるなら、わたしを雇えて幸運だと思わせたかった。

「それはわかっている。でも、ほかの候補に伺いを立てる前に、訊いてみることにした。信頼している人物から、きみのことを強く推薦されたのでね」

わたしを警察官に推薦するような人物がいるだろうか？　わたしのことを本当に知っているひとではあるまい。「誰かしら？」

「リック・ソーンダーズだ」

これでわかった。わたしは以前、ソーンダーズと一緒に事件を担当したことがあった。彼は正直な警察官だった。ソーンダーズと親しいなら、ピアソンは悪い人間ではないのかもしれない。それを確認するのは簡単だ。わたしは予定表を見た。「明後日に来てもらえますか?」

「そのころには、もう勾留されているかもしれない。今日、時間を作ってもらえないか? 遅い時間でもかまわない」

五時に約束した。わたしはそれをアレックスとミシェルに伝えるために部屋を出た。

「五時に来るわ。あなたたちは、待っていなくてかまわない。わたし一人でも、シュレッダーにかけられたりはしないと思う」

アレックスは舌を鳴らした。「ここのシュレッダーは小さすぎる」

ミシェルはかぶりを振った。「わたしたちがそれを見逃すと思うだなんて、気は確か?」

たしかにそうだ。「ピアソンについてわかってることを、全部教えて。アレックス、ピアソンが、LAPDのリック・ソーンダーズと親しいかどうか調べて」

ミシェルはコンピュータのキーをいくつか押した。「はい。読みましょう」

たいして情報はなかった。デイル・ピアソン、五十一歳、結婚歴があり、二度離婚。警察官にとって珍しいことは何もない。事実審専門弁護士にとってもだ。わたしたちは悪名高い、結婚に失敗する人種なのだ。最初の結婚でできた娘、リザ・ミルストロムは、今は十七歳だ。デイルはUCLAを優等で卒業し、政治学の学士号を持っている。では、ずっと警察官を目指していたわけではなかったのか。何をしようとしていたのであれ、たった一年でそれは叶わないと見切りをつけ、LAPDに入った。

彼はうまくやっていた。五年もかからずに刑事になっており、これはとても早い。ウエスト・LA、ランパート、そしてサウス・セントラルで勤務したのち、ハリウッド管区に配属された。

そして、二人の女性を殺した。

早く終わってほしいと思っていても、一日はどの日とも同じようにゆっくり進む。わたしは最新の州裁判所と最高裁判所の決定事項を読み、いくつかの手紙と電子メールに返事を書き、母親が電話してこないように祈った。

五時十分過ぎ、ブザーが鳴った。ミシェルがインターコムで応答した。うちにある、唯一の警備装置だ。デイル・ピアソンという名前を聞いて、ミシェルは彼を中に入れた。わたしは彼がミシェルとアレックスと会うときの様子を知りたくて、部屋のドアを開けておいた。それで、〝職員〟に対する態度がわかる。ミシェルとアレックスに対して嫌な感じだったら、彼はお終いだ。

彼の写真を見ていたので、おおむねの予想はついていた。そこそこ魅力的で、濃い茶色の髪の毛と目、太い眉毛、がっしりとした顎。でも直接会うと、もっと魅力的だった。

身長は百八十センチに少し欠けるくらいで、引き締まっている。ロブ・ロウやコリン・ファレルのようなハンサムではないが、普通以上に人目を引く風貌だと言っていいだろう。クロエは彼より二十歳以上も年下だったが、彼に惹かれた気持ちは理解できた。たぶん。だって、所詮は彼は警察官なのだから。

彼はアレックスとミシェルと握手をし、自己紹介をし、彼の推察する通常の就業時間を過ぎても居残っていることに礼を言った。「遅れて申し訳ない。道路がとんでもなく混んでいたもので」

それは信じられた。彼はヴァリー——正確にはポーター・ランチに住んでいて、この時間に来るのは大変な苦労だったはずだ。わたしは部屋を出て、手を差し出しながら彼に近づいた。「サマンサ・ブリンクマンです」

温かい、少し驚いたような笑みを浮かべながら、彼はわたしの手を握った。彼の目の優しい表情を見て、わたしのほうも少し驚いた。手の握りは力強かったが、相手を倒そうとするような乱暴な仕草ではなかった。「時間を作ってもらってありがとう、ミズ・ブリンクマン」

わたしは彼に、サマンサと呼んでとは言わなかった。そこまでことが進むかどうか、様子を見るつもりだった。「どうぞ入って」

7

紹介の場面の態度を見ただけで、デイル・ピアソンが〝バーベキューとビールと女が大好き〟という典型的な警察官ではないことがわかった。それに彼は、薄い青色のボタンダウンのシャツと黒いズボンという、敬意の感じられる服装をしていた。

机の向こうの椅子に座った彼は、男性ならではの膝に踝を乗せるスタイルで足を組み、リラックスした様子だった。でももし手をほどいたらパンチを繰り出しかねないとでもいうように、両手を膝の上で握り合わせている。わたしは彼に、簡単な経歴を話した。ロヨラ・ロー・スクールを優等で卒業し、公費選任弁護人の事務所に七年間勤務し、二百件以上の殺人事件を担当した云々。デイルはうなずいていたが、わたしが言った事柄の何一つ、彼の知らなかったことはないような印象を受けたので、すぐに本題に入った。

「ここでのあなたの発言は秘密扱いになり、わたしが多くのことを知れば知るほど、あなたの立場はよくなる。だから、できるだけ協力的にしてください。いいですか?」

デイルはうなずいたが、表情はゆるまなかった。これはよくあることだ。今の話を何度したかわからないが、まだ、すべてを包み隠さず話すような依頼人には出会っていない——今後も出会わないだろう。「二ヵ月前に被害者たちのアパートメントに窃盗が入り、あなたが通報に応えたのはわかっています。どうして窃盗の通報に、殺人課の刑事が対応したんですか?」

「チャック・ディミーターに頼まれたんだ。彼は不法目的侵入の係だった」彼はかぶりを振った。「善行は罰せられるっていうけどね」

「そのときクロエと会ったんですね」彼はうなずいた。「犯罪の被害者とデートすることは、よくあるんですか?」デイルの表情が険しくなった。よくないことだ。「ねえ、あなたは証言台に立つかもしれません。このような質問をわたしからされて対応できないなら、地区検察官と対面したとき、ひどいことになりますよ。もう一度やりましょう。ほかの被害者ともデートしたことがあるなら、そのうちの誰かが名乗り出て、あなたが立場を利用してそのようにさせたと言うかもしれない」

彼は息を吐きだしたが、辛そうな表情は変わらなかった。「いや、それまで犯罪の被害者とつきあったことはなかった」

「あなたは過去十年間殺人課で働いていたんだから、被害者は検討の対象外だとしましょう。そう願いたいわ。目撃者についてはどうですか？」

彼はかぶりを振った。「いや。一人もない」

「窃盗について話してください」聞いていた話では、窃盗犯が容疑者の第一号だった。わたしたちの最初の作戦は、警察がデイルに絞る代わりにそちらの説を取った理由を突き止めることだった。「犯人は無理やり入ったんですか？」

「いや。女性二人のアパートメントには、ガラスのスライディング・ドアのある小さなバルコニーがあって、そこにいくつか鉢植えがおいてあった。二人は換気のためにそのドアを開けておくのが好きで、その晩外出したとき、ドアを閉めるのを忘れたそうだ。帰宅したとき、そのドアが大きく開いていた」

これはわかった。わたしも窓をしょっちゅう開けっぱなしにする。事務所でさえもだ。「何が盗られたんですか？」

「宝飾品だ。だが、けっこういいものだったらしい。クロエが写真を持っていた。ダイヤモンドのネックレス、二カラットのダイヤモンドのイヤリング、テニス・ブレスレット。いくらぐらいしたと言ってたか、正確には覚えていない。一万ドルだったかな」

「そんなに高価なものだったと信じましたか?」

デイルは肩をすくめた。「わたしにはそれくらいに見えたが、それは保険会社の問題だ。わたしは報告書を作っただけだ」

「ほかには何かあったかしら? テレビ、ラップトップ・コンピュータ、ステレオなどは?」

「ああ、彼女たちは高級志向ではなかったし、大きなものをバルコニーから持ち出すのは無理だっただろう。わたしには、計画的な犯行には見えなかった。建物は特別じゃない。地区もだ。盗む価値のあるものを期待して、あそこへ行くことはないだろう」

「じゃあ、その男はたまたまスライディング・ドアが開いているのを発見して、賭けてみる気になったと考えたんですか?」

「そうだ。だから、あそこで隅から隅まで指紋を取らせた。明らかにずさんな仕事だったから、きっと指紋が残っていると考えた」

「でも、残っていなかった」

「残っていたんだと思う。指紋を採取した者は、使える状態のものを発見することができなかった」

「その原因は採取した者か、アパートメント内の状態か、どちらにあったのかしら?」

デイルはため息をついた。「スパングラーは世界一の技術者だ。でもバルコニーの木材はざらざらで割れているし、雨が降っていて、何もかもが濡れていた」彼は肩をすくめた。「犯人は運がよかったんだな」

「どうしてクロエは、それほどの宝飾品を持っていたんでしょう? 数ヵ月前までホームレスに近い状態だったたって、何かで読みました。そういったものは、とうの昔に質入れしていたんじゃないかしら」

「わたしもそう思う」デイルの表情は悲しげだった。「何か思い入れのあるものだったのかもしれない、まだ有名だったころの友人からのプレゼントとか——」

「誰からもらったものか、聞きましたか?」

「いろんな人を持ち出した。マネジャー、恋人……具体的な名前は挙がらなかった。でも彼女は、質屋で見つけるために写真を公表しなければならないと言っても動じなかった」

それでは彼女がどのように宝飾品を手に入れたにせよ、違法ではなかったということか。「問題の晩、あなたとクロエが言い争うのを聞いたという隣人たちについては、何か説明は？」

デイルは長いあいだ自分の両手を見下ろしていた。顔を上げたとき、その目には嘘偽りない痛みが宿っていた。「彼らの話のとおりだ。わたしたちは喧嘩をした。派手なね。クロエはハイになってた。この数週間でまた薬をやり始めて、そのことで何度か喧嘩をした。でもあの晩は、特にひどかった。彼女はわたしをぶって、つかみかかってきて引っ掻いた。わたしは彼女を遠ざけようとしたが、彼女は飛びついてきた。それでわたしは――彼女をぶった」彼は顔をこすり、ちょっと手で口をおおった。次に出てくる言葉を留めようとするかのように。「思ったより力が入って――」

「どこですか？　頭かしら？　胃のあたり？」

「たぶん……側頭部だと思う。もう曖昧なんだ。お互いに酔っていた」デイルは大きく息を吸いこんだ。「わたしは帰ろうとしたが、また彼女が飛びかかってきた。二度、殴られた。彼女を振り払おうとしたが、またぶったかもしれない……わからない。彼女は倒れた」

「誰かに、写真を撮ってもらっていませんか？」

デイルはうなずいた。「逮捕されることになったときにね。でも、そのときには事件から一週間以上経っていた。写真で何かがわかるかどうか、疑問だな」彼は懇願するような目で、わたしを見た。「信じてほしい――アパートメントを出たとき、彼女は生きていた。それは確かだ」

「彼女は何か言いましたか？」

「ああ、すまないと言ったら、勝手にしろと言われた」

「彼女はどこにいたんですか？　床に倒れていた？　ベッドかしら？　彼女は何をしていましたか？」彼女の元を離れたときに彼女がどんな状態だったか、詳しく話ができれば、その分彼の話の信憑性が増す。

デイルはちょっと考え、わたしの肩のあたりに視線をさまよわせた。「床に倒れていた。起き上がろうとしていた」

「その晩、彼女はハイだったと思いますか？　あなたは彼女が薬を使っていたと言いますが、たぶん、メスかヘロインか、危険なものを意味していますね？」

「ああ、ヘロインだ。あの晩やってたかどうか、確証はない。でもハイに見えた。毒物学報告書に書いてあるはずだ」

まだしばらく、毒物学や検死の報告書は手に入らないはずだ。毒物学報告書が彼の話の裏づけになればいいが、現時点では、それはきわめて重要というわけではない。

死因については疑問の余地はなかった。クロエは過剰摂取ではなかった。刺殺されたのだ。「そのとき、ペイジはどこにいたんですか？」

「外出していた。ミスター・パーフェクトと呼ぶ男と、デートだった。あの夜、クロエを迎えにいったときに、ペイジに会った。クロエは、たぶんペイジは朝まで戻らないと言った」

「ミスター・パーフェクトというのは？」

「知らない。名前で呼ぶことはなかった。どうやら既婚者のようだった。いつだったかクロエが、ペイジはデートするのにおしゃれする必要はない、どこかに外出するということはないんだからと言っていた」

それではその男は、LAに住んでいるのだ。「あなたとクロエがアパートメントに戻ったとき、ペイジはいなかったんですね？」デイルはうなずいた。「その後、ペイジには一度も会わなかった」デイルはかぶりを振った。「それでは、あなたが去ったあとで何者かがやってきて、二人を刺したということですか？」

デイルの表情は険しかった。「どんなふうに聞こえるかわかっているが、そうだったと言うしかない」

彼の言うとおりだった。ありえないように聞こえる。だがそれが、彼を逃がすことのできる唯一の筋書きだ。気が進まないが、この線で進めざるをえないようだ。

「クロエは誰かと問題があるようなことを言っていましたか？　誰かに脅されているとか——」

「いや」

「薬のディーラーは？　ディーラーに借金があるとか、もう薬を買わなくなって機嫌を損ねられているとか……？」

「それはありうる。最近誰から薬を買っていたにしろ、それは番組で働いている人間にちがいない。二回ほどスタジオに彼女を迎えにいったとき、薬を持っていたようだ」

この点については、調べる必要がある。クロエについて彼が覚えていることはどんなに些細なことでもすべて知りたいし、特に最後の一週間、彼女の毎日の行動を押さえておきたかった。彼女について知れば知るほど、デイル以外の何者かのせいにするチャンスも増える。「ペイジは？　彼女には誰か敵がいたかしら？」

「知らないな。でも、彼女は麻薬常用者ではなかった」

「嫉妬した恋人は？　あるいはミスター・パーフェクトの奥さんとか？」

「恋人についてはわからない。ミスター・パーフェクトがアパートメントに来ることはなかった。それに……」デイルの声が消えた。

「それに、何かしら？　奥さんにばれたと聞いたとか？」

「いや、それはなかった。でも、もしその妻がペイジのことを知り、彼女の住まいを知ったとして、どうしてペイジとやりあうためにアパートメントに行くだろう？　ペイジがルームメイトや隣人に見られる心配のない場所に行くまで、待つんじゃないか？」

いい指摘だ。それにミスター・パーフェクトを追い出しもしただろう。いずれにしても、ミスター・パーフェクトが誰なのか調べなくてはならない。既婚男性は陪審に見せつける格好のおとりになる。「ペイジが信頼していた可能性のある人物を、誰か知りませんか？　ミスター・パーフェクトのことを知っているようなひとは？」

デイルはかぶりを振った。「自分がこの事件を捜査していたとしたら、こうするだろうな。彼女が一緒に働いていた人間と話し、フェイスブックで彼女の友人や行きつけの店のページを見たり、電話やコンピュータの情報を調べたりする。そしてもちろん、家族が見つかるかどうか」

この流れになると、わかっていた。わたしはかまわなかった。じつをいうと、逆に彼が何も指針を与えようとしないのではないかと、若干心配していた。彼は刑事だ。

それが彼の仕事なのだ。でも今、わたしは彼を、物事を別の角度から見るように仕向けなければならない——彼はもはや警察官ではない。被告人だ。

「こういうことですよ、デイル。わたしたちは誰と話すか、どんな質問をするかについて、注意深くならなくてはいけない。あなたの話から考えて、警察はミスター・パーフェクトのことを知らない可能性もある。手の内を見せてはいけないわ。もし警察が彼のことを知ったら、全力を尽くして彼に容疑がないことを証明しようとするでしょう。彼のアリバイを探し、妻はペイジのことを知っていても気にしていなかったと証言するひとを見つけ……なんでもする。それは望ましくない。あなたの代わりになる人物がいればいるほど、都合がいい。わたしたちは真実を、あるいは本当の殺人犯を探しているわけではない。筋の通った疑いの余地を探しているんです。わかりますか?」

彼は一瞬わたしを見詰めた。傷ついたような顔をしていた。訴訟において、それまでとは反対の立場になるのは、頭の調整の難しいことだ。でも数秒後、彼はうなずき、敬意を……賞賛さえ感じさせるような表情をした。わたしは不意をつかれた。

「思い出したことがある」デイルは言った。「考えてみると、きみがどう対処するかわからないが、わたしが行ったとき、クロエは妹のケイトリンと電話で話していた。

二人はとても近い関係だった。ケイトリンのことを調べたらいいかもしれない」

「それは、まずは警察が彼女から何を聞き出すかを待ちましょう。わたしたちがどんな質問をしたか、彼女から警察に流してほしくない。ペイジの裏の関係者についてはうちで調べます。来たときに会った男性、アレックスは、優秀な調査員なんです」

「雇ったばかりかな？　ウェブサイトには載っていなかった」

「ええ、新人だけど、とても有能なんです」彼の有罪を認める司法取引に使った技でシステムに侵入したら、とんでもない悪人にもなる。でもそれを今デイルに教える理由は見当たらなかった。「当面、マスコミに提供するコメントとして、わたしたちは窃盗犯説を調べていると発表します」それで何かまずいことになるとは思えなかった。指紋がないなら、窃盗犯は捕まらない。

デイルはうなずいた。「事件は、ずっとこんなに注目を集め続けるかな？」

わたしは彼を見詰めた。〝あなたは人気女優とその親友を殺した。そりゃ、集め続けるでしょうよ〟「そうだと思います」わたしは心の中で、彼が提供した情報を思い返した。一つだけ、まだ訊いていないことがあった。検視官は死亡推定時刻を、二時間の幅よりも狭められない。だが死亡時刻がデイルが立ち去ってから二時間以上経ったあとであれば、彼の弁護に使えるだろう。「あなたは喧嘩のあと、すぐに立ち去ったんですか？」デイルはうなずいた。「何時だったかわかりますか？」

彼はかぶりを振った。「遅かった。真夜中過ぎだ」

「どこへ行ったんですか？」

「家に帰った」デイルはうなずいた。「そして、そう、一人暮らしだ」

当然だ。「アパートメントかしら、一戸建てかしら？」

「一戸建てだ」

まずい。「途中で誰かに会いましたか？　家に帰ったとき、隣人に会わなかった？」

「どちらもない」彼はため息をついた。「わかってる。どうしようもないアリバイだ」

「無罪の人間によくあることです。少なくとも、陪審にそう言えます」わたしは彼に、ちらりと微笑んだ。彼の笑みは引きつっていた。「もう何か証拠が見つかったと、聞いていますか？」

「いや」彼は指で髪をかきあげた。「裁判のこっち側に立つのは、とんでもないことだな」

まだこれからだとは、言わないでおいた。今この時点で、必要以上に憂鬱なニュースは必要ない。「今夜、一晩考えましょう。当面、誰とも話さないでください。マスコミとも、ほかの警察官とも、友人とも。今、あなたには友人はいない。リック・ソーンダーズでさえちがいます」

彼は動揺した顔をした。いや、それ以上だ。傷ついたようだ。「わたしの事件を引き受けてくれないのか？」

以前はこれについて、相反する感情を持っていた。だがこの瞬間、自分がどう答えるべきかわかっていた。「引き受けます。ただ、あなたにあと一晩、よく考える時間を持ってほしいんです」

安堵の表情が彼の顔に広がった。「それは必要ない。すでにわかっている。きみにやってもらいたい」

わたしは立ち上がって、手を差し出した。「それでは、引き受けるわ」

デイルは立ち上がって、心からの握手をした。「ありがとう。どれほどありがたく思っているか、言葉にできないよ」

いったん決意すると、頭が回り始めた。「元妻が二人と、娘が一人いるのね。あなたの死を悼むひとはいますか？」

デイルは皮肉な笑みを浮かべた。「こう言っておけばいいかな、彼女たちはわざわざわたしを傷つけようとはしないだろうが、証言台に呼ぶのはお勧めしない」

「娘さんのリザはどう？　養育費の問題などはあるかしら？」

デイルは侮辱されたような顔をした。「いや。それはない」彼はわたしの表情を見た。「トレイシーに催促されたことはない。きちんと、期日どおりに支払った」彼の顔に、暗い表情が浮かんだ。「でも娘をカメラの前に呼ぼうというなら、やめてくれと言いたい。リザをこの件に巻きこみたくない」

とつぜん荒々しい口調になったのを聞いて、わたしは実際に押されたように、体を後ろにそらした。「もし娘さんを巻きこむ人間がいるとしたら、それはマスコミであって、わたしでは――」

激しくなったのと同じくらい突然に、彼は冷静になった。その急激な変化に驚かされた。今は彼の声は冷静で、後悔が感じられた。「すまない。じつをいうと、二年前に娘と連絡を取り始めたばかりなんだ。トレイシーと別れたとき、彼女は赤ん坊をつれて、家族のいる東部へ行ってしまった。リザはわずか六ヵ月だった。二年半前にLAに戻ってきて、それでわたしは失われた時間を取り戻したくて――」

「あちらは承諾したんですか？」

「ああ、まったくありがたいことだ。リザはすばらしい子だ――わたしの手柄じゃないが」デイルは惨めな表情で、顔をこすった。「今回の事件で容疑をかけられていると聞いて、すぐさま娘とトレイシーに電話をして、わたしはやっていないと話した。

彼女たちはわかっていると言ってくれたが……」

でも、わかってはいない。そして今ごろ、少なくとも、不思議に思い始めているだろう。「わかりました。もう一人の元妻は?」トレイシーとの結婚は、新婚旅行の直後に破綻していた。でも二度目の結婚は約九年続いた。

「ボビは大丈夫だろう。恨みがあるわけじゃない。でも、助けにもならないはずだ」

残念。愛情ある元配偶者というのは、このような事件では有利に使える。だが少なくとも、意地の悪いマスコミの動きを心配しなくてもいいようだ。とりあえず、元妻たちはあとまわしになった。

「まず依頼料を払ってもらいます。五万です。裁判に至る前に使い尽くしてしまうかもしれないので、ミシェルが料金を計算して、明日、支払いのスケジュールをお話しします」

わたしは部屋から彼を送って出て、ミシェルがすでに用意をしていた依頼料の同意書にサインをさせた。彼はミシェルとアレックスに会釈をし、もう一度わたしと握手した。

「ありがとう、ミズ――」

「サマンサよ」

彼はわたしを見て、柔らかい声で言った。「サマンサ」彼は踵を返して帰ろうとしたが、戸口で足を止めた。「今はわたしを信じていないのだろうが、わたしはあなたのほかの依頼人とはちがう。本当にやっていないんだ」

わたしはうなずいたが、彼の、急激に気分が変わる様子を思うと不安だった。それに、彼が聞きたくないはずの真実があった。彼の言葉は、まさにほかの依頼人が言うものだったのだ。

8

彼が帰ったあと、全員を招集した。「どう思う、みんな？」

ミシェルは背を反らし、腕を組んだ。「思っていたとおりだわ」

わたしはアレックスを見た。彼は肩をすくめた。「ぼくに投票権があるかどうかわからないけど、もし自分だったら、絶対に引き受けるね」

ミシェルは両手を広げて、アレックスを指し示した。「ほら、そういうことよ」

「満場一致のようね」

ようやくミシェルは微笑んだ。「よかった。ところで、彼は見た目がいい。これはいいことね」

たしかにそうだ。魅力的であることは、どんな場面でも役に立つ――就職、セックス、そしてそう、同年代の陪審に無罪の評決を出してもらうのにも。魅力的な顔に抵抗できる者はいない。魅力的過ぎないかぎり。

個人事務所をかまえた年、セクシーな美女の依頼人がいた。背が高くて金髪で、ヴィクトリアズシークレットのモデルのような体形だった。重窃盗で訴えられていた。チェーン経営する大手の銀行の出納係で、その立場を利用して百人近い顧客の個人的な口座情報を盗み、それを恋人に渡した。恋人は捕まるまでに六万ドル以上を手に入れた。

裁判官はわたしの主張をすべて認め、陪審への説示をさせ、起訴内容を減らしたいという希望を聞いてくれた――それは彼が、わたしの法的才能に感心したからではない。彼は裁判官席に座るたびに、もごもごと口ごもった。でも陪審は彼女を叩いた。激烈に。のちに彼らと話をしたとき、発言を断片的に聞いて、理由を知った。女性は彼女を嫌い、男性は彼女を、自分には手に入れられない女性として見ていたのだ。

デイル・ピアソンは見た目はいいが、最高に格好いいというわけではない。だから少なくともその点では、わたしたちは安全だ。

娘の話題になったときに彼がとつぜん興奮したことについては、二人に話さないことにした。何か意味があるのかもしれない――ないのかもしれない。それになんだろう……ちょっと過剰ではあったが、リザを守ろうとする態度には好感を持てた。

わたしは二人に、デイルが話したことをざっと伝えた。それからすぐに必要となる雑事に取り掛かった。「アレックス、地区検察官が訴えを出したら、すぐにデイルの身柄を確保するように、IOに連絡してほしいの」わたしはIOとは何かを説明した――主要捜査官、つまりは捜査担当の警察官（インヴェスティゲイティング・オフィサー）だ――そして、それが誰かを調べる方法も。

ミシェルがわたしを遮った。「そういうことは、わたしがアレックスに教えておくわ、サム。あなたはあなたの仕事をして」ありがたいことに、ミシェルは仕事を心得ている。デイルの身柄の確保は、重大な仕事になるはずだ。経験ある刑事の逮捕となれば、レポーターたちが殺到するだろう。わたしは自室へ向かったが、ミシェルが片手を上げた。「今夜シェリの番組があるのを忘れないでね。すぐにでも迎えの車が来るわ」

「キャンセルして、ミッチー。マジでやらなきゃいけないことがある」

ミシェルは厳しい目つきでわたしを睨んだ。「絶対にだめ。今こそ、彼女を味方につけておかなくちゃ」

それは真実だった。「事件のことは話せないわよ」

「あら？　わたしが、そう伝えていないとでも？」

もちろん伝えてくれていた。ミシェルは物事の先頭どころか、いつでも三歩先を行っている。「反応はクールだった?」

「そうね。あなたは有名人になろうとしてる。この状況が続けば、あなたのことはできるかぎり丁重に扱うはずよ」

ちょうどタイミングよく、部屋の電話が鳴った。迎えのリムジンが来たのだ。テレビ番組でばかばかしいお喋りをする気分ではなかったが、これに乗るのはすてきな残念賞だった。

シェリはまだサムロン事件にこだわっていた。今回、わたしたちは親の責任について討論した――サムロンの父親は、ナイトスタンドに装塡した銃をおいていた。

出番は短かったが、バリーとわたしは喧嘩になって、激論を交わし、シェリのプロデューサーたちに喜んでもらえた。彼らが喜んでくれれば、わたしも嬉しい。でも長い一日だったので、一杯やりたい気分でリムジンに乗った。電話が鳴ったとき、ミシェルからだと思った。わたしの仕事ぶりについて批判したり、新しい仕事の話を教えてくれたりするために、よく電話をかけてくる。

それでわたしは愚かにも、画面を見ずに電話に応えてしまった。見たところで、役に立ったわけではない。母はわたしの携帯電話のスクリーニングの対象になっているから、母の番号からの通話は〝ブロック〟と出る。

母の鼻にかかった耳障りな声は、サンセット大通りの賑やかな往来にさえ負けないほど大きかった。「サマンサ？　あなたの髪、ぺしゃんこだったじゃない。最後に洗ったのはいつ？」

「三十年前よ、ママ。ビーハイブっていう髪形がすたれたころ」母との会話の大半は、こんな調子で始まる。母との会話は、まず母が一斉射撃をし、その後わたしが弁明を試みる——そして失敗する。口の中に綿を詰めて丸めたアルミ箔を噛むほど楽しい。

「生意気言わないで。誰かが本当のことを言ってあげないとね。目の周りは、黒くしなくちゃいけないの？」

わたしは鏡を下ろして、覗きこんだ。「こういうお化粧が好きなのよ」

「口紅の色もよくないわ。もっと淡い中間色にしてもらうようにって言ったでしょう？」

たしかにそう言っていた。母は常に、こうするべきだと指図する。わたしは歯を食いしばった。「事件のことはどうなの、セレスト？　わたしが話していたこと、聞いていたんでしょう？」

「覚えてないわ」

毎度のことだが、わたしは母がわざとそうしているのだろうかと不思議に思った。

こわばった顎をかろうじて動かして、母に言った。「女の子の父親は、ナイトスタンドに装塡した銃をおいていたのよ」

「あら、もうけっこう。みんな、なんでもかんでも親の責任だと言う。うんざりだわ」

わたしはあまりにも強く唇を嚙んで、歯の先で芝の穴を作りそうだった。なんの責任も取ったことのない女性から、この発言だ。「本当に親の責任だということもあるわ。銃は安全装置をかけておくべきだった」

「あら、とんでもない。その子、赤ん坊じゃあるまいし。十四歳でしょう。もっと分別があっていいはずよ」

「分別はあったのよ。役立たずの両親が助けてくれるとは考えない程度にね。両親は何年ものあいだ、乱暴者の兄が彼女にひどいことをするのを放っておいたんだから」

「親だって、しょせんは人間でしょう。どこにでもいて、何もかもを見ていられるわけじゃない」

セレストの場合、ほとんど何も見ていなかった。もちろん、わたしたちはテレビ番組の話だけをしているのではなかった。でもわたしは、触れたくもない話題を持ち出す気分ではなかった。それにいつものことながら、あまりにも強く歯を食いしばり過ぎて、頭痛がしていた。もう、電話をよこした理由を聞く頃合いだった。

「なんの用なの、セレスト?」わかっていないふりをした。

母はディナー・パーティーを催すさい、空席が一つあると必ずわたしを呼ぶ。今の夫、つまりわたしにとっては義父のジャック・メイナードは有名な商業用不動産業界の大物で、商取引を円滑に保つために、頻繁に接待パーティーを開く。彼は礼儀をわきまえた、〝コップに水が半分も入っている〟と考える楽観主義者で、母がわたしを招くのは、彼女なりにわたしに近づこうとしているからだと言う。でもわたしはわかっている。母のお仲間が、街で話題の事件の内部情報を聞くのが大好きなのだ。

「土曜日に、何人かお客を呼んでいるの。大仰なものじゃない、ジャックのところの上級マネジャーたちの、ちょっとした集まりよ」

まず、フットボール競技場二つ分もある邸宅において、〝大仰なものじゃない〟というようなものはない。料理をキッチンからダイニング・ルームに運ばせるためだけに、仕出し業者を頼む必要がある。次に、土曜日の夜を犠牲にするというのなら、少なくともジャックの親しい友人が百人は集まることだろう。だからこのディナーは、簡単でもないし小規模でもない。「ごめんなさい、行けないわ」大きな事件を手掛けることになって、母の夜会に参加するどころではないと言おうかと考えた。でも母は気にしないだろう。一から十までのものさしで考えて――セレストにとっていちばん重要なのが十として――わたしのキャリアなどはマイナス四だ。「デートなの」

「あの歌手と？」

「彼はたまたま歌も歌う、ミュージシャンよ」

「なんのちがいがあるの？　彼はゼロでしょう」

稼ぎがゼロだという意味だ。「彼はいいひとよ」どんな答えが来るか、わかっていた。わたしは母が言うのに合わせて口を動かした。

「〝いいひと〟はすてきな家に住まわせてくれない。〝いいひと〟はすてきな車を買ってくれない――」

「そう。そのとおり。わたしは自分でなんとかするわ、セレスト」でも独立独歩は、セレストが良しとする概念ではない。母が一生かけて目指しているのは、誰かに頼って裕福になることだった。じつをいうと、わたしはもう、そのミュージシャンと別れていた。でもそれを母に言うつもりはなかった。

「永遠に働いていたいわけじゃないでしょう。わからないわよ――」

わたしは自分の住まいのある通りに入った。「わかるの。もう切るわ」

「遅れて来てもいいわ。飲むだけでも」

「本当に行けないのよ」説明不可能な悲しい事実がある。わたしはたぶん行く。それを母も知っている。

9

帰宅して、わたしはスウェット・スーツに着替え、パトロン・シルヴァーをダブルで注いだ――リハビリテーション施設に入った依頼人が、家の酒を処分したさいのプレゼントだ。マスコミはデイル事件を日々のお祭りに仕立てようとしていて、陪審候補者がそれを聞いている。記者たちを利用して、すぐにも候補者たちに語りかける必要がある――窃盗犯や麻薬ディーラーや、元恋人。基本的には、デイル以外の誰かに目を向けさせられるなら、なんでもいい。

どこから着手すべきか考えて、いくらかメモを取り、早めに就寝した。この件に、全力で取り組むつもりだった。

翌朝、六時半に起床した。一杯目のコーヒーを飲み終えてから、デイルに電話した。彼はすっかり目覚めていて、明晰な様子だった。わたしは彼に、パレードになるのを避けるため、警察署での身柄の確保を手配していると話した。「マスコミに、あなたの家や電話番号がばれたかしら？」

「まだだ」

「いずればれるわ。だから、あまり動き回らないようにしましょう。誰かから電話があって、たまたま受けてしまったら、わたしに回して。わたしの番号はわかるわよね？」

「ああ」

「家を整理しておいて。もう家宅捜索はあったかしら？」

「ああ。何よりも先にやられた。めちゃくちゃにしていった」

「何か、心配すべきものを持っていかれた？」

「うちのマーダー・ナイフ一式を」

「ジョークとしては最高よ、デイル。でも、注意して。まちがった人間に聞かれたら、まずいことになる。じゃあ、答えは〝ノー〟ね？」

「ああ。つまり、予想どおりのことをしていった。櫛と、あの晩着ていた服を持っていったよ。きっと、現場でわたしの髪の毛と衣類の繊維が見つかるだろう。でも、それがなんだ？　わたしがあの晩あそこにいたのは、秘密でもなんでもない。ああ、幾晩もあそこで過ごした」

そのとおりだ。だが、もし死体に彼の髪の毛や衣類の繊維が付着していたら、それはうまくない。「地区検察官が訴訟手続きをしたら、また家をかきまわす。いつやられてもおかしくないわ。だから、準備しておいて。また連絡します」

わたしはシャワーを浴び、撮影に耐えるズボンとブラウスを着た。朝食をとっているあいだに、アレックスから電話があった。「IOを突き止めた。名前はウェイン・リトルだ」

名前は聞いたことがあったが、一緒に事件を担当したことはなかった。「いつ地区検察官が事務処理をすると思うか、何か言っていた?」

「今日の午後だろうと。書類を受け取ったらすぐに連絡をよこして、デイルの身柄確保の時間を決めることになった。ツインタワーで調書を取る予定だそうだ」

筋は通る。一人の警察官のためにあらゆる警備の手段を尽くす必要があり、ツインタワー刑務所は最高レベルの警備体制が整っている。「わかったわ」わたしは腕時計を見た。「いいわ、事務所で会いましょう」

わたしは電話を切った。コンピュータに向かって、仕事のリストを作ろうと思ったが、ふと悪い予感がした。それでわたしは、自分の車に向かった。

だからウェイン・リトル刑事が午前八時半に逮捕状を携えてデイルの家に現われた

とき、わたしはその場で待ち構えていた。あてつけがましく腕時計を見た。「あら、地区検察官は事務仕事を急がせたみたいですね。お知らせ、ありがとうございます」リトル刑事は四角ばった、ずんぐりした体の両脇にだらりと腕を下ろしたまま、肩だけすくめ、弁解する気もないような落ち着き払った口調で答えた。「悪いね。こっちは忙しいんでね」

そのあいだに、ほかの刑事たちがデイルに手錠をかけた。青い制服やカジュアルな上着を着た人間の数を数えた。「十一人も？」その中の一人がデイルに権利を読んで聞かせはじめた。わたしはその男性に歩み寄った。「彼は権利を放棄しません」それからリトルに顔を戻した。「捜索令状も持っているんでしょうね？」彼はうなずいた。「うちの職員を来させます、何も……なくなったり、壊されたりしないように」警察は丁寧な仕事をする場合もあるし、ハリケーンに襲われたような有様にしていくこともある。前回の捜索から判断するに、後者である可能性が高い。

この時点から、彼らのしたひどい所業を逐一記録しておくつもりだった。見ている公衆、つまりは陪審候補者に、デイル・ピアソンがいかに不当に罪を問われ、虐待されたかを見せる作戦の一部だ——それも、彼自身の〝仲間〟によってだ。わたしはアレックスに電話をして、ここに来て、捜索令状を行使しているあいだ見張っているように言った。「不必要な乱暴な行為がないかどうか、監視していて、メモを取ったり写真を撮ったりしておいて」

「わかった。すぐ行く」

警察官たちはその場に群れて、誰がデイルを連れていくか、後続の車には誰が乗るか、誰がここに残って令状の行使をするか、決めようとしていた。そのあいだにも――当然のことながら――この出来事をマスコミが嗅ぎつけて、レポーターたちが通りに集まり始めた。「少し依頼人と話したいわ」

ウェイン・リトルは、何か言いたげだった。言ってほしかった。これもまた、デイルにされたひどいことリストに載せられる。わたしは彼に、無邪気に微笑んだ。

ようやく彼も、ここで争うのはまずいと気づいたようで、デイルを捕まえている警察官に手を振った。「話をさせろ」

警察官は一メートルほど離れた。わたしはデイルの耳元で囁いた。「外にマスコミが来ているわ。身を屈めて隠れようとしたりせず、背筋を伸ばして歩いて。何も言わないこと。何をしてもいいけど、まちがっても微笑むことだけはしないで。いい？」

彼は勢いよく息を吸い、うなずいた。「勾留中の警備についてはどうなってる？」

「あなたには最高レベルの警備がつくはずよ。でも、ちょっとでもあなたが傷ついたりしたらどれほどの代償を払うことになるか、念を押しておくわ」心配いらないと、彼に言いたいところだったが、それは不可能だし――非常識だ。彼の命は、今後絶えず危険にさらされるはずだ。

わたしはリトルに歩み寄った。「彼のために特別な警備を手配したんでしょうね？」リトルは丸い、禿げている頭を掻き、煙突掃除用のブラシのような髭に沿って指を広げた。「ああ、そうだな。最高レベルの警備体制のところに入れる予定だ」

「それは最低限のことでしょう。今、事態がこんなに白熱しているわけだから、最大限の警備をするべきだと思います」わたしは彼を睨みつけた。「彼に何かあったら……」

彼は重そうな瞼の下からわたしを見た。「できるだけのことはする」彼はわたしを払いのけるような素振りで歩き去ったが、彼が携帯電話を取り出すのを、わたしは見逃さなかった。

わたしたちがそこを出るころには、マスコミが通りじゅうにあふれていた。唯一空いている場所は、パトロール・カーの周囲だった。それも、制服警察官が野次馬を追い払っていたからにすぎない。警察官たちは、デイルがリー・ハーヴェイ・オズワルドででもあるかのように連れ出した。六人がかりでだ。まずは警察官を倒さなければ、射程圏内にいたとしてもデイルを撃ったりはできないだろう。警備体制は評価できたが、彼らが本気でこれほどの人力を注ぎ込む必要があると考えているのか、カメラに映りたいだけなのかは、よくわからなかった。

デイルは制服警察官たちの中にうまく隠れていた――これはわたしには好都合だった――でもマスコミは、そんなことにはおかまいなしに質問を浴びせた。

「無罪を主張しますか?」

「彼女から別れようと言われたんですか? それで彼女を殺したんですか?」

「どんな弁護をするつもりですか?」

「アリバイはあるんですか?」

そのとき、端のほうから叫び声がした。「どうして警察署で逮捕しなかったんだろう?」

わたしはデイルを連行する警察官のグループの後ろを歩いていたのだが、足を止めて、珍しくまともな質問をしたのは誰だろうと、周りを見た。長身で細身の男性のようだった。その茶色い髪はくせっ毛で、グラミー賞の授賞式でカニエ・ウェストがテイラー・スウィフトの悪口を言って以来、櫛を入れていないような有様だ。この男性はわたしの右手のほうで、人混みからは離れて立っていた。わたしは後ろに下がって、彼のほうに手を振った。「あなた、誰？」

彼は、わたしに頬を打たれたかのように、びくりと身を引いた。「あんたこそ、誰だ？」

もっともな質問だ。「デイル・ピアソンの弁護人よ」

「名刺ある？」

「あなたは？」

彼は一瞬考えこんだが、シャツのポケットに手を入れ、仕事用の名刺をよこした。そこにはトレヴァー・スコットラーという名前と、〈バズウォーシー〉の寄稿記者という肩書が書いてあった。雑誌の名前は知っていた。〈ハフポスト〉や〈デイリー・ビースト〉などを脅やかし始めた、オンラインのニュース誌だ。これは使えるかもしれない。わたしは彼に名刺を渡した。それから、警察がデイルに自首する機会を与えないための迂回手段を取ったことを話した。

「ひどいな」

「ひどいのよ。すぐにデイルの家をひっくり返すでしょうね。うちの職員が来て、〝こんなものは捨てちまえ〟なんてやられないように見張ることになってる。あなた、まだここにいる？」

「少しね」

「職員に、あなたを探すように言うわ」警察官がおかしなことをしたらトレヴァーに指摘するように、アレックスに言っておこう。運がよければ、新しくできた仲間トレヴァーは、陪審の同情を引くための最初の闘いにおいて、援護射撃をしてくれるかもしれない。

左手のほうで、刑事の一人がデイルの頭を押さえて身を屈めさせ、パトロール・カーに乗せようとしているのが見えた。「行かなくちゃ」

10

収監手順に〝事故〟がないように確認するため、デイルを警察署に運ぶ車列を追いかけた。デイルには警察に仲間がいたが、これは保安官の領域だった。デイルはLAPDだ。二つの警察機構は仲が悪くて、デイルはここでなんらかの同情を期待することはできない。そしてわたしは、スペリング・コンテストでのオウムぐらい、歓迎されざる存在だ。

わたしは待合室に座り、電子メールをスクロールしながら、通り過ぎる警察官たちの鋭い視線をまぎらわしていた。

デイルが逮捕の手続きを終え、オレンジ色のつなぎに着替えるころ、わたしは電子メールやツイッターのメッセージ、フェイスブックのノートのすべてに目を通し、破棄するなり、返事を書くなりしていた。〈ファニー・オア・ダイ〉の最新作をすべて見た（ヘッドホンを使って）。そのうえオートルック、マイハビット、アーバン・アウトフィッターズのショッピング・サイトで服を見た。

看守が両脇に一人ずつつきそって、デイルを弁護人用の部屋に連れてくるのが見えた。オレンジ色というのは誰にとっても着こなすのが簡単ではないが、デイルにとってはとりわけ〝似合わない〟色で、とんでもない照明もひどさを増していた。手錠の反対側の立場に立ったというショックもあった。彼の顔は空気の抜けたバスケット・ボールのようで、内側から崩れてしまったかのように、胸のあたりがへこんで見えた。でも乱暴を受けたような形跡はなかった。今のところ。

保安官代理たちが彼を連れてきて、彼はどさりと椅子に座った。保安官代理が鎖を床に、そして机につなぐのを、ぽかんと口を開けて見ていた。「手続きはどうでした？ 不必要に乱暴なことは？」

デイルは火星に到着したかのように、狭苦しい小部屋を見回した。気持ちを集中させるのに、数秒を要した。「ああ、いや……なかった」

わたしは身をかがめて彼と視線を合わせ、彼が見返してくるのを待った。「いいかしら。わかってほしいの。〈シン・ブルー・ライン〉に出てくる、仲間をかばう受難者みたいなことを考えているとしたら、そんなものはワーナー・ブラザーズに送って。そんなホラ話はハリウッドでしか通用しない。もし誰かにひどい目に遭わされたら

──どんなことでもいい、グレーヴィー・ソースに見合う量のパンをよこさなかったってことでもいい──わたしに言って。わかったかしら？」彼は答えず、ピクリとも動かなかった。「わかったら瞬きを一回、わからなかったら二回して」ようやく彼は瞬きをした。一回だ。「いいわ。それじゃあ、もう一度ね。手続きはどうでした？見えていない場所に傷は？」

　彼はかぶりを振った。「保釈はどうなる？」これで彼がどれほど動揺しているかがわかった。わたしと同じぐらい、答えを承知しているはずなのに。「二人殺されている。重大な事件よ。保釈はありません」

デイルはため息をついて、かぶりを振った。「そうだった」

「念を押しておくわ。誰であれ、何を言ったにしろ、ここでは誰もあなたの友だちではない。誰もね。話や息抜きをしたくなったら、わたしを呼んで。わたしが来られなければ、アレックスかミシェルが来る。面会の希望者がいたら、まずはわたしのところに来させて。身元を調べるから」デイルは困惑したような顔をした。「あなたの事件は、毎日、一日じゅう、あらゆるニュース番組に出ることになる。あなたのお祖母さんのまたいとこの養子だった甥っ子が、あなたにつけこもうと近づいてくる。元ガールフレンド、元ボーイフレンド、元親友──」

「わかった、わかった。状況は理解した。誰とも話さない」

おそらく明日には、彼はもう少し落ち着いているだろうが、今は混乱しきっている。夜も昼もなく彼の事件のために働くと言って、わたしは話を終えた。

「ありがとう、サマンサ」彼はわたしに弱々しく微笑んだ。

わたしは保安官代理に終わったと合図し、彼らはデイルを連れにきた。外へ出るさい、デイルはこちらを振り向いた。たいていの依頼人――わたしが手掛けるギャングの依頼人でさえ――最初に連れ去られるときは怯えるものだ。デイルはデパートで迷子になった子どものようだった。わたしはできるかぎり元気づけるような笑みを作って、声をかけた。「明日、また来るわね」

マスコミになんと言おうか考えながら、ドアに向かった。そろそろ陪審候補者の心をつかむことを考えよう。ドアの外に出たときは、記者たちが追いついてこられるようにゆっくり歩こうと思っていたが、心配する必要はなかった。全力疾走したとしても、逃げきれなかっただろう。大勢が出入口で待っていて、わたしがドアから出た瞬間に飛びかかってきた。

「ミズ・ブリンクマン、どんな弁護をするつもりですか？」

「司法取引をしますか？」

ほかの裁判のさいに見かけた記者もいたし、新しい仲間、〈バズウォーシー〉のトレヴァーもいた。

まさしく、これだ。わたしはマイクの前に立ち、真剣だが怖くはない顔をした——じっと前を見て、ほんの少し口角を上げる。「この事件では、取引をするつもりはありません。デイル・ピアソンは起訴内容に関して無実であって、法廷でそれを証明するチャンスを楽しみにしています」

裁判所の近辺で見かけたことのある女性記者の一人が声を上げた。「〈チャンネル・フォー・ニュース〉のイーディ・アンダーソンです。あなた一人で裁判を手掛けるつもりですか？　誰かほかの弁護士とチームを組むのかしら？」

「誰ともチームを組む予定はないのよ、イーディ。料理人が多すぎるとなんとやらって言うでしょう」それにデイルは百万長者ではないから、近づいてくる弁護士は売名目的に決まっている。実質的な仕事はしないだろうし、事件のことなど気にもしないだろう。

わたしが微笑みかけると、彼女は微笑み返してきた。「ありがとう、サマンサ」

「どういたしまして」わたしは人混みを避けるようにして、自分の車に向かった。まだ何人かが質問を叫びながら追いかけてきたが、ひたすら歩き続けた。うなずいたり、首を振ったりはしない。報道してほしいことは、もう言った。ほかに選択肢を与えたくはなかった。

すでに充分に長い一日だったが、まだ半分も終わっていなかった。走行中の車からの射撃事件の事実審理前協議のあるデパートメント一三〇に、あと十五分で行かなければならなかった。依頼人のリカルド・オロスコはグレープ・ストリート・ボーイという一味のメンバーで、敵グループであるサウスサイド・クリーパーズのリーダーが住んでいると思われる家に向かって発砲した。

ただしそれはまちがいで、オロスコは生後三ヵ月の赤ん坊を殺し、七歳の少女に傷を負わせた。わたしはこの事件を、オロスコと〝関係性において修復しがたい破綻をきたした〟と裁判所に報告した別の弁護士から引き継いだ。つまりこういうことだ。その弁護士はオロスコを嫌い、どれだけの金をもらっても彼の弁護をする苦悩には値しない。それとも、オロスコが弁護士を脅したのかもしれない。この事件が未決のまま一年近くも経ったころ、メイヤー裁判官はなんとしてでもこれを片づけたくてたまらなくなった。彼はわたしに弁護を担当するよう頼みこんできた。わたしの請求をすべて認め、扱いやすい事件をいくつか回すという、暗黙の見返りとともに。ミシェルが言うには、これを断わるような余裕はわたしにはない。

だがオロスコと五分も一緒にいただけで、これがまちがいだったとわかった。この射撃事件は本当にひどいもので、グレープ・ストリートの仲間たちでさえ恥じていた。〝不名誉だ〟という言葉を使う者さえいた。だがオロスコは？　最初の面会のとき、彼はわたしをじっと見詰めて言った。「おれはやってない。だけど、あんなことになったことを残念だとも思わない。あの赤ん坊は大きくなっても、またサウスサイド・クリーパーズが一人増えるだけだろう。あれをやったやつにメダルをやらないとな」二度目の面会では、怪我を負った少女のことを笑った。「なあ、あの小娘がのたうち回るところを見せてやりたかったよ。あの売女、〈ウォーキング・デッド〉に出てくるゾンビみたいだった。誰も、やろうとしないだろうよ」

彼と同じ空気を吸うだけで、気分が悪かった。司法取引をしようとしたが、地区検察官は労力を無駄にするなと言った。彼は仮釈放なしの終身刑になるだろう。これから、取引はないという悪いニュースを、オロスコに知らせなければならない。それは彼よりも、わたしにとって悪い知らせだ。裁判のあいだじゅう、この薄汚いろくでなしと一緒に座っていなければならない。待機所の保安官代理に近くにいてくれと言って、わたしは監房のドアをノックし、対決に身構えた。

豊かな黒髪をグリースでてかてかにして、オールバックに撫でつけたオロスコは、監房内のベンチに座っていた。壁に寄りかかり、刺青のある腕を組み、両脚を前に投げ出している。わたしを見て、口元をゆがめるようにして微笑んだ。わたしは彼に、柵の近くに来るように手招きをした。何も急ぐことはないという様子で、彼は足を引きずりながら近寄ってきて、ひょいと頭を下げた。「なんだ？」

整髪剤の甘ったるいにおいが不愉快で、わたしは口で息をした。「地区検察官は取引をしないわ。裁判になる」

オロスコは首をそらし、鼻越しにわたしを見下ろした。「そんなことはないだろう。最後にそいつと話したのはいつだ？」

「昨日よ」

彼は陰気な笑い声を立てた。「今すぐ戻って、そいつと話せ。銃を所持していた前科者ということで、刑期の軽減を求める」

わたしは彼が偉そうな顔つきで自信たっぷりに話す様子を見ながら、考えをまとめた。「カスタネダは事故に遭ったのよね」カスタネダというのは、唯一の目撃者だ。「これもあなたに有利には働かない。予備審問のさいの彼の宣誓証言を読み上げるでしょう」

オロスコは嘲笑うように鼻を鳴らした。「カスタネダが殺されることはないさ。あいつも、ようやく正気になっただけだ」彼はわたしを追い払うように指を振った。
「行け。お友だちの地区検察官と話してこい」オロスコは踵を返し、ベンチに戻った。

11

オロスコは正しかった。この事件担当の地区検察官、ジェリー・ラトナーは猛烈に怒っていた。「問題は、カスタネダがもう確信がないと言っているだけじゃない。オロスコによく似ている他人を名指しした——そしてその男にはアリバイがない」ジェリーはファイルを机に放りだした。「カスタネダは、すっかり言い分を変えた」ジェリーはわたしをうかがうように見た。「なぜカスタネダが突然こんなことを言いだしたのか、心当たりはあるかな?」

「あなたと同じくらい見当がつかないけれど、同じような推測をしています」唯一不思議なのは、このギャングたちが、どうやってこんなにも都合よく名指しできる身代わりを見つけたのかだ。でもジェリーは今、それを考えている気分ではないようだった。「ねえ、あなたに仕事の仕方を説くような立場じゃないけど、もしそいつを裁判に連れ出したら、きっとあなたは負ける。それよりも訴えを取り下げて、もっと証拠が集まったときにあらためて起訴したらどうかしら？」

わたしは自分の仕事として、依頼人のために動いていたが、まっとうな意見を説いてもいて、ジェリーはそれを承知していた。彼は惨めな様子だったが、うなずいた。

「だが、銃の所持については有罪にできる」

「郡の規則にのっとって罪を認めるわ」

ジェリーは顔を赤くした。「一年か？　くだらない」だがすぐに、ため息をついた。

「短い刑期でも、くらわせよう。少なくとも、この件だったら州立刑務所に入れられるはずだ。彼に郡の刑務所で好き勝手やられるようなら、却下するほうがましだ」

「できるだけのことはします」

結果的には簡単なことだった。オロスコは郡の刑務所よりも州立刑務所のほうがいいと言った。多くの被告がそうだ。生活環境がましだし、オロスコのような乱暴者は、常にそこに家族（ファミリア）がいる。

法廷に入っていったとき、保安官代理のランディが当番についていた。わたしは近くに行って、携帯電話を手渡した。「今のうちに預かっておいて」なぜか、彼が当番でいるとき、必ずわたしの電話が鳴る。あまりにも頻繁に彼に携帯電話を取り上げられるので、わたしは彼に、料金を分担してほしいと言ったことさえあった。

ランディは携帯電話を受け取って、机の上においた。「まったくだな、サム。鳴らなくさせる方法があればいいのにな」

「そうなのよ」わたしは肩をすくめた。「少なくともこうしておけば、今回は安心だわ」

ランディは待機所の鍵を机から出した。「オロスコの件で司法取引してくれて嬉しいよ。あのクソ野郎を早くここから連れ出してもらいたくてしかたなかった」

ランディが監房へ向かったあと、彼の机を見ると、在監者指定用紙があった。それをぱらぱらとめくってみた。わたしの電話が光って、着信を知らせた。見覚えのない番号だった。たぶんマスコミだ。

ランディがオロスコと一緒に戻ってきて、わたしが彼の机の前にいるのを見た。

「何をしてるんだ？」

「電話があったの。番号を確かめていただけよ」わたしは弁護人の机に移動した。オロスコが、いやらしい笑みを浮かべて歩いてきた。わたしは顔をそむけて、彼と話をしないで済むように、ファイルを開いた。ミスター・オロスコに〝さよなら（アディオス）〟と言うのは、さぞかし気分がいいだろう。

メイヤー裁判官が現われて、ジェリーがいかにも不本意な様子で司法取引と権利放棄を受け入れた。裁判官は冷たい目でオロスコを見ながら、それを認めた。オロスコを例外として、その場に喜びはまったくなかった。裁判官は州立刑務所に二年間の収監を命じた。

「裁判官」わたしは言った。「依頼人は〝即時〟の収監を希望します」

裁判官はうなずいた。「けっこうです。保安官事務所はミスター・オロスコを即時に州立刑務所へ移送するように」

事務所に戻ったとき、ミシェルはコンピュータの前にいて、アレックスは彼女の肩越しに画面を見ていた。ミシェルが顔を上げた。「デイルはどんな様子だった？　オロスコはどうなった？」

わたしは彼女にオロスコのことと、デイルがひどいショック状態だった話をした。

「あそこで彼は苦労するでしょうね。わたしのことは、ニュースに出てた？」

「ありがとう。地区検察官から、開示する証拠が送られてきた？」

ミシェルは微笑んだ。「ええ。すごいわよ。うまいコメントばっかり」

「いいえ」ミシェルは言った。「でも罪状認否手続きが明日の朝八時半だと確かめる電子メールをよこした。電話しておく？」

「その必要はないわ。法廷でもらえるでしょう」わたしはミシェルの机の端に腰かけた。「アレックス、女の子たちのフェイスブックのページ、ツイッターの書きこみ、二人や友だちや家族について情報がありそうなサイトを全部調べて――わかるわよね。ミシェル、二人が働いていたところの連絡先を集めて。ペイジのレストラン、モデル事務所、もしあったらエージェントもね。クロエのスタジオの職員、エージェント、マネジャー――彼女と関係のあったひと、全員よ」

わたしは彼らに、デイルが女の子たちについて話したことを伝えた。「敵になりうる人物やライバルや、嫉妬深い元恋人などを見つけるの。うまく身代わりになる容疑者が欲しい。ほかに注意を向けられそうな人間よ。ミスター・パーフェクトを見つけるのがいいのかどうかは――」

「その人物にアリバイがないことを示せるんだったらいいけどね」アレックスは言った。

わたしは彼を指さした。「そのとおり。それを確かめるために、ミスター・パーフェクトが何者なのかを突き止める必要がある――」

アレックスはｉＰａｄでメモを取っていた。「彼女と関係のあったディーラーを探し出すのに、クロエのスタジオを嗅ぎまわって――」

「それは、まだ待って。証拠物が開示されて、対処すべきことがわかるまで、動きたくないわ」わたしは部屋に向かった。

「ファッションのことをうるさく言うのはいやだけど」ミシェルが言った。「絶対に明日、マスコミが法廷に詰めかけるわよね?」わたしはうなずいた。「何を着るか、決まってるの?」

ばかばかしい質問のように聞こえるかもしれない。でもちがう。イメージは、そのままメッセージになる。わたしは成功者のように見えて、多少派手でなくてはいけない。わたしの見かけがよければ、依頼人もよく見える――〝殺人犯らしくなく〟見えるということだ。それに、デイルから注意を逸らす必要もあった。今回、彼はオレンジ色のつなぎで現われるはずだ。在監者のような彼を見る者が、少なければ少ないほどいい。法廷の被害者側は目もくらむような有様になるだろうから、なおさらだ。多くの有名人の支持者――本当にクロエの友人だった者や、無料で顔を売るチャンスが欲しい者。バランスを取るために、できるだけわたしたちの側もキラキラしていなければならない。

「いつもの服を着るつもりよ。黒いタイト・スカートとシルクのピンストライプのブラウス」スカートはタハリ、ブラウスはカルバン・クラインだ。わたしが持っている、唯一のデザイナーものの服だ。

ミシェルはうなずいた。「いいんじゃない」

「アレックス、デイルのスーツとシャツを持ってきた?」警察官が家宅捜索をするあいだ、アレックスにいさせた理由のひとつは、将来法廷に出るときデイルに着させる服を持ち出す必要があったからだった。アレックスはうなずいた。「どう? 大丈夫そう?」今後、デイルはカメラを向けられるたび、もれなく最高にすてきに見えなければならない。「悪くない。警察官の給料を考えたら、そこそこいい線いっていた。なんとかなるよ」

わたしは驚かなかった。デイルはおしゃれだった。

もちろん、それで彼が殺人犯ではないという意味にはならない。

12

八時に事務所を出るころには、わたしはくたびれ果てていた。だからわたしにとって最も必要でないことがすぐさま起きたのは、当然のことだった。ベウラが駄目になったのだ。家から三区画手前で黄色いエンジン警告灯がつき、車はぴたりと止まった。アパートメントから数区画離れたところにある営業所に牽引していってもよかったが、明日の朝までに走行できるようになるはずはない。自動車協会（AAA）に電話をして、引き取りに来てもらった。幸運なことに、運転手はわたしに同情し、アパートメントまで送ってくれた。

体を引きずり上げるようにして、寝室が一つあるだけの小さなアパートメントまで階段をのぼった。ここはサンセット大通りの上の丘陵にある、十四世帯が入っている小さな集合住宅で、わたしの部屋は二階なので街の一部しか見えない。エレベーターはないし、警備員もおらず、道に面して差しかけ屋根つきの駐車場があり、洗濯機と乾燥機は地下の暗い小部屋にあって、きっといつかそこで死体が発見されるにちがいない。いずれにしても、いつも誰かがそこの機械を使っているから、わたしは地元のコインランドリーに行くことになる。そんなところでも、ここは我が家だ。わたしにとっての天国だ。

キッチン・テーブルの上にハンドバッグを投げ出し、冷蔵庫に向かった。たいしたものはなかった。食べられるかどうか怪しい感じのカッテージ・チーズ、リンゴ、裁判所の軽食堂で買ったロースト・ビーフのサンドイッチが半分。わたしはサンドイッチを出して、流しの前に立ったまま食べながら、明日どうやって裁判所に行くか考えた。ミシェルに頼むわけにはいかない。彼女には、事務所を守っていてもらわなければならない。アレックスはどうだろう？　いま運転しているジェッタが彼のものなのかどうか知らないが、訊いてみてもいい。

アレックスには、もっといい案があった。「A－1リムジン社に知り合いがいる。あなたのことと行き先を言ったら、きっとタダで動くと思う。いい宣伝になるからね」

「すばらしいわ。わかったら連絡して」

一時間後に携帯電話が鳴った。アレックスからだった。

「手配できた。七時半に迎えにいく。その場であなたを待って、事務所まで送るように言っておいた。どちらに行くにも、格好いいほうがいい」

「格言みたいね」

初めて、アレックスが笑うのを聞いた。「たしかにね。明日の幸運を祈るよ」

「事務所で会いましょう」

裁判所に、豪奢な交通手段で行くことになった。やった。

テレビをつけ、靴を脱ぎ、寝椅子に座った。ニュースが始まった。メールを見るあいだ、消音にしておいた。テレビのニュース番組は嫌いだ。不幸の知らせしかない。最も低俗なレーティングのものが、心をつかむ。

キッチンのテーブルの上で携帯電話が鳴った。歩いていって、画面を見た。ミシェルだった。「ミッチー。どうしたの？　大丈夫？」

「まあまあね。警察官から留守電にメッセージがあった。お友だちのハロルド・リンガーがゆうべ病院に運ばれたって」

「あらまあ。何で？」

「ヘロイン。かなりの量だったみたい。信じられる？　自由になったその晩よ。冷たいことは言いたくないけど、善人には起きないことよね」

わたしはくすくす笑った。「異議なし」ミシェルともう少し話して、朝になったらリンガーに関する詳細を集めると約束した。電話を終えて、パトロン・シルヴァーをダブルで注ぎ、オン・ザ・ロックにライムを絞って、〈ブレイキング・バッド〉の再放送を見つけた。足を寝椅子に上げて、ゆっくり、たっぷり酒を飲んだ。

リムジンで法廷に行くのは、スタジオに行くのよりもいいものだった。ロック・スターになった気分になって、裁判所までの道中それを味わった。窓からヤシの木と通り過ぎる車をながめ、ラッシュアワーの往来を走らなくていいという事実に歓びを感じた。これにだったら、きっと慣れられる。そのチャンスがないのが残念だ。

リムジンが縁石に寄ったとき、正面のドアの周りにマスコミ関係者や見物人が群れているのが見えた。わたしは見物人がちょっと怖かった。どこかの輩(やから)がこの世から一人弁護士が消えてもいいと、いつ決意するかわからない。「一時間ぐらいで戻るわ」

「わかった」運転手は名刺をよこした。「もっと早く出てきた場合に備えて、番号を渡しとく。あんた、本当にあの警察官の弁護人なのか?」

「そうよ」

彼は頭を振った。「結果は決まったようなものだろう」

「わたしが弁護すれば、そうはいかないわ」わたしは名刺を彼に手渡した。「念のために」

彼はそれを見た。「なあ、サインをもらっていいか？」彼はペンを持ち出して、カチリとペン先を出した。わたしの初めてのサインだ。自分の名刺に書くなんて、ばかみたいだと思った。彼はその名刺を上着にしまった。「ありがとう。それから、ええと……幸運を祈るよ」

彼の口調から、彼がわたしには運が必要だろうと思っているのがわかっただけではない――本当は彼がわたしに幸運など少しも祈っていないこともわかった。たった今、わたしが必要としていた見送りではなかった。わたしは車を降りて、人混みの中を進んだ。ドアにたどりついてそれを開けるまで、記者たちは誰もわたしに気づかなかった。マイクを持ったリスのような小柄な男が、目の前に飛び出してきた。「ちょっと、あんたはあの弁護士だろう？　すてきなスカートだね。ノーパンかい？」

この男を無視するべきだとわかっていた。切れるな、切れるな、切れるな……切れた。「ねえ、スマーフ、その質問を男にもするの？」

「もちろんさ！」

わたしは彼を睨んだ。「嘘つき」わたしは中に入り、ドアから手を放した。ドアが彼の顔に当たればいいと思った。ロビーはエレベーターを待っているひとでいっぱいだったので、階段を使うことにした。罪状認否手続きをおこなう部屋は、たったの五階上だった。でも――しまった――わたしは遅ればせながら、十センチのヒールとタイト・スカートをはいている場合、五階分の階段は〝たったの〟とは言えないことに気づいた。階段を登りきるころには、わたしは汗まみれだった。被害対策を講じるため、女性用の休憩室に入った。

でもハンドバッグの中をかきまわして、コンパクトもコンシーラーも……何もかもを忘れてきたのに気づいた。せめて汗を隠そうとして、ペーパー・タオルをつかんで顔を押さえた。昨日刑務所で見かけた女性記者が二人、入ってきた。金髪をボブにした女性が、手を差し出してきた。「サマンサでしょう？ 覚えてないわよね。ブリタニー・マーストンよ。チャンネル・セブンの」

「覚えているわ。去年、マクドナルド銃撃事件を取材してたわよね？」

「そう、よく覚えてくれてたわね。イーディを知ってる？ ライバルを紹介したくはないけど」

イーディが笑った。「手遅れよ、もう知ってるわ」彼女はわたしがペーパー・タオルを持っているのを見た。「それで顔を拭くんじゃないでしょうね」

わたしは弱々しく微笑んだ。「化粧用具を忘れたの」

彼女はばかでかい黒い偽物のワニ革のハンドバッグからコンパクトを取り出した。「ほら、やってあげる」彼女はハンドバッグを叩いてみせた。「このスーツケースになんでも入ってるから、今後は、美容の緊急事態に陥ったら知らせてちょうだい」

彼女は慣れた様子で何度か手を動かし、あっというまにわたしの汗まみれの顔はきれいになった。わたしは笑った。「美容の緊急事態ですって。矛盾しているような気もするけど――」

二人は大げさに息をのんでみせた。ブリタニーは目を大きく見開いた。「それ以上の緊急事態はないわ！」

イーディはあきれた顔をした。「残念ながら、わたしたちの業界では真実よ」

わたしはため息をついた。「あなたたちの業界だって、男たちはそんな心配はしなくていいんでしょう」

ブリタニーは鼻を鳴らした。「とんでもない。男だって、同じようにパックをするわ。もしまたピンチになって、わたしたちが見当たらなかったら彼らに助けを求めるといい。きっとなんとかしてくれるわ」

わたしは笑った。「ありがとう。あっちでまた会うわね」

でも廊下の向こうに向かいながら、脇の下に大きな汗染みができているのに気づいた。わたしのキャリアで最大の罪状認否手続きを前にして、わたしはアメリカン・フットボールのラインバッカーのように汗をかいていた。完璧だ。

主要な議事日程の罪状認否手続きをおこなう法廷には、三百の座席がある。ダウンタウンで起きた事件のすべてが最初に審理される場所で、この建物でも最も大きい法廷だ。裁判官席に向き合って法律家の机が二つあるのではなく、法廷の片側から反対側へ伸びている大きなU字形のテーブルがある。右が被告側、左が訴追側だ。右側の壁に、ガラスでかこまれた空間があってベンチがおかれている。そこに勾留されている者が座る。罪状認否手続きのさい、デイルが座る場所だ。

地区検察官代理が何人も群れていたが、見覚えのある顔はなかった。この法廷は大きいが、朝は必ず混みあっていた。でも今日はいつも以上だった。全員が立っていて、テーブルと裁判官席のあいだの窪みに撮影隊が陣取っていた。

公費選任弁護人の事務所時代の友人であるグレタが、今日の事務所の案件の議事日程を進行していた。わたしは彼女に歩み寄った。「ちょっと、グレタ！　どうしてあなたが議事日程を？」

グレタは日系人で、すてきな髪の毛の持ち主だが、自分ではその価値をまったく認めておらず、たいていお団子にまとめている。「ラリーが公判に行ってるからよ。あなたがここにいる理由は知っているわよ」彼女は共謀者のような笑みをうかべて身を乗り出した。「警察官を扱うのはどんな感じ?」

警察官が公費選任弁護人を頼むことは、めったにない。彼らは自分たちで弁護士を雇う——たいてい、元警察官だ。「奇妙な世界に迷いこんだみたいよ。敵地をうろついているというか」わたしは背後で、次々と部屋に入ってくる法律家たちを見た。「優先してもらえるかしら?」

「あなたが希望してもしなくても、優先されるはずよ。裁判官は、マスコミ関係者を早く追い出したくてたまらないらしいから」グレタは笑った。優しい調子の笑い声だった。

わたしの笑い声は、〝ばか笑い〟とでも区分されるだろうか。グレタみたいに、小さなベルのような音を立てる方法など、想像もできない。

保安官代理が勾留されている者たちを連れてきたのに気づいた。「ごめんなさい。彼氏に会いにいくわ」

わたしは汚れたガラスに近づいた。デイルの顔は顎に重しでもついているようで、目の下に黒い隈(くま)ができ、バセット・ハウンドのようだった。彼の目は法廷の中をさまよい、近場に戻ってきたところでわたしに落ち着いた。わたしは彼に微笑んだ。彼は微笑み返そうと努力した。声をかけるまもなく、マグナソン裁判官が、いつものように法服のボタンをとめず、裾を翻して現われた。廷吏が全員に静寂を求めた。

苛立った様子で撮影隊をちらりと見てから、裁判官は気が滅入るほど大きな書類の山の上からファイルを取った。「ピアソン事件。担当者、名乗りなさい」

グレタの言うとおりだった。裁判官は本気でわたしたちをここから消したがっている。「被告側弁護人、サマンサ・ブリンクマンです」

わたしは立派な敵対者が誰なのか、法廷の反対側をうかがった。

法律家のテーブルの向こうで検察官たちがもめていた。その中から、一人が歩み出た。「検察官のザック・チャスティンです」

信じられない。なんとかしてほかの人間に代わってと願いながら、彼を見詰めた。そんな幸運はない。ザックだなんて。痩せていてしなやかな体つき、ふっくらとした唇、長い髪が魅力的に片目を隠している。頭の上には〝危険〟という標示が点灯しているのが見えるだろう。それが何かを意味するわけではない。実際に警戒した女性を、一人も見たことがない。

彼はこちらに歩いてきた。「今、最初に開示する証拠を被告側弁護人に手渡すことを記録してもらいたい。百五十ページあるものです」

彼はわたしのほうの机に近づいてきて、トレードマークであるオオカミのような笑みを口元に浮かべて、書類の束を差し出した。

わたしはそれを受け取り、裁判官席のほうを見た。「百五十ページあるのかどうかはわかりませんが、裁判官、書類の束を受け取りました」

裁判官はわたしを黙らせるように手を振った。「いいでしょう。あなたの依頼人は二件の殺人事件で、複数の殺人と目撃者の殺害という特別な事情つきで起訴されています。申し立てと権利の読み上げを放棄しますか、弁護人？」

「放棄します。依頼人はすぐに訴答に入ります」わたしは、立ち上がっているデイルに向かってうなずいた。

彼は背筋を伸ばし、カメラをまっすぐに見て、トロンボーンのように大きくて力強い声で言った。「わたしは無罪を主張します、裁判官。すべての訴えについてです」

わたしが書いた台詞だったが、これ以上ないものだった。彼にはリハーサルをさせた。でもここでは彼に託すしかなくて――彼はとてもうまくやってのけた。わたしはガラスの囲いに近づいて、彼に囁いた。「よかったわよ。あとで、待機所に行くわね」

マグナソン裁判官は第一審の日程を決め、次の審問の日にちを言って、撮影隊を見下ろした。「ショーは終わりです」彼は次の事件を読み上げた。

携帯電話を取り出したとき、グレタと目が合った。「ねえ、ついに一歩を踏み出したわね。ザック・チャステインですって？　陪審に女性を入れないことね」

「これで神さまが女性だとわかったわ。どうやら嫌われているみたい」

若いがすでに疲れた様子の公費選任弁護人代理がグレタのところに来て、わたしはデイルに愛情のこもったお世話をしに、待機所へ向かった。時間は数分しかなかった。階下へ行って、ザックの発言に対抗するうまいコメントをマスコミに向かって言わなければならない――ザックは何か言っているに決まっている。

デイルは保安官代理の机の隣におかれた椅子に、鎖でつながれていた。ほかの在監者と一緒に鉄格子の中に入れられてなくてよかった。もし入れられていたら、今ごろ血まみれで床に倒れていたかもしれない。「ねえ、法廷でのあなたはとてもよかったわよ」

彼は疲れた様子だった。勢いよく貧乏ゆすりをしていて、常に視線を動かして室内を見回している。「ありがとう」

「今朝は何時に起こされたの？」

「四時だ。そもそも、眠れなかった。照明が消えないからな」

「ああ、それは嫌ね。いずれ慣れるとしか、言えないけれど」デイルはうなずいた。なんの慰めにもならないというような顔つきだった。「ごめんなさい。ねえ、訊こうと思っていたの。クロエの家族と会ったことはあったのかしら？　母親は問題人物だって聞いてるけど、父親はどうなの？　クロエが二歳のときにいなくなったということだけど、その後戻ってきたはずじゃない？」

「父親は死んだ。三年ぐらい前に、飲酒運転の事故で亡くなった」

「まだ三年しか経っていないの？　じゃあ、どうしていなかったのかしら――」

「彼女が〈オール・オブ・アス〉で人気者になったときか？」わたしはうなずいた。さっきまで室内をきょろきょろしていたのに、今、彼はまっすぐにわたしを見た。「しようもないやつだったんだろう。でも彼女が有名になったとき、お気楽に舞い戻ってくるほどとんまでもなかったんだろうな」

彼は一瞬、じっとわたしを見詰めた。もっと言いたいことがあるのかと訊こうとしたとき、保安官代理が近づいてきた。「時間です。次の組が入ってきます」

わたしはデイルの腕を軽く叩いた。「開示された証拠を調べたあとで、明日また来るわ。気をつけてね」

彼は真顔でわたしを見た。「きみもな」

彼は本気でそう言っていた。わたしのことを心配してくれる、初めての在監者だった。

13

マスコミを捕まえたくて、急いで外に出た。トレヴァーが、人混みの中で頭一つ飛び出していた。気の利いたコメントを彼に提供したいが、その前にカメラだ。正面の階段の近くに、ブリタニーとイーディがいた。二人は現場からの中継中で、こちらに背中を向けていた。わたしはゆっくり彼女たちのほうへ歩いていった。ブリタニーを映していたカメラマンがレンズから顔を上げ、何かを言った。ブリタニーは振り向いて、わたしのほうへ来た。イーディと、ほかに何人かが気づいて、そのあとを追った。

まずブリタニーが来た。「地区検察官はかなりの量の証拠をあなたに渡しましたね。これまでのところでわかっていることをお話ししてもらえますか?」

わたしは直接カメラに向かって言った。「まだあれを見てはいません。でも約束します、わたしたちは昼夜を問わず働いて、真実を明らかにします。つまり、デイル・ピアソンが無罪だということを」

トレヴァーがわたしのすぐ後ろにいた。「ほかに、容疑者の心当たりはあるのかな?」

「たしかに、あの窃盗のことは調べています」ザックに手渡されたものを見るまでは、あまり具体的な話はしたくなかった。

イーディが話に入ってきた。「でも警察は、窃盗だったとは考えていないと言っています」

「警察がまちがいを犯すのは初めてではないでしょう。彼らは、窃盗犯が殺人犯だった可能性について、五分も考えていないはずです。実際、その人物を見つけようともしなかった。いつものことですが、彼らは最も簡単な標的に飛びついた――恋人ね――そして、ほかの人物だという証拠をすべて無視した。警察が仕事をしないというのなら、わたしたちがしなければなりません」わたしは集まり始めた群衆を見わたした。「今はこれだけです、みなさん」

わたしはカメラに追いかけられながら、リムジンに乗りこんだ。いちばん安い駐車場までえっちらおっちら丘をのぼっていくよりも、はるかに格好いい退場だ。これが正しいメッセージとして受け取られることを願った。〝成功している弁護人イコール無実の依頼人〟。

今回は運転手がちがって、朝よりも若くて禿げている、丸顔でブルックリン訛りのある男性だった。彼はちょうどいいタイミングで車を出した。わたしは色付きの窓を上げて閉めた。「あれ、あんたをテレビで見たぞ。ほら、これの件で」彼は自分の携帯電話を見せた。

わたしはその画面に映っている画像を見た。「それは昨日ね。ツインタワー刑務所で」

「じゃあ、これから頻繁に裁判所に来ることになるのか？」

彼の頭の中で歯車が回転している音が聞こえるようだった。「そうね。こういうのは大好きだけど、お金の余裕がないわ」

「ボスが何か便宜をはかれるかもしれない」

ボスというのが、すぐ近くにいそうな気がした。「たとえば？」

「あんたのウェブサイトでうちを宣伝してくれたら、半額にするとか？」

「ありがたいけど、それでも無理だわ。それにうちのウェブサイトは法律業務だけよ。でもありがとう、お気持ちはありがたいわ」

彼は高速道路に出るまで、混んだ道路を走行するのに集中していた。「どうだろう、おれの名刺を配ってもらう代わりに、あんたのことはただで乗せるというのは」

「マジで？　どれくらいの期間の話？」ベウラを使わずに済み、ガソリン代が浮き……本当の話にしては都合がよすぎる。

「これから一ヵ月だ。でも裁判所の行き来だけだ。どうだ？　決まりかな？」

「決まりよ」彼はグローヴボックスから名刺を一束取り出して、肩越しにこちらへよこした。わたしはそれを受け取って、バック・ミラーの中で彼に微笑みかけた。「おたくのボスは、物事の進め方を心得ているのね」

彼はくすくす笑った。「ああ、頭の切れるやつだ。それに、アレックスの友だちはおれの友だちだ。彼はいいやつだ」

「そうね」わたしは彼の名刺を見た。「よろしくね、ザンダー」

「よろしく、ミズ・ブリンクマン」

「サマンサよ」

「サマンサ。了解だ」

今朝の騒ぎは、これから襲い掛かってくるはずの嵐のほんの一部にすぎない。このような無料のサービスは、わずかに差しこんだ陽光のようなものだった。わたしは数分ほど背にもたれて景色を楽しみ、それからザックに渡された証拠の書類を取り出した。

自分がどんなものに身を投じたのか、正確に知るときが来た。

事務所に入っていったとき、ミシェルは電話していた。ヘッドセットで話しながら、「伝言を伝えることしかできません。いつ折り返しの電話ができるか、はっきり決められません」彼女が通話を切ったとたん、また電話が鳴り始めた。「ブリンクマン・アンド・アソシエイツです」別の電話が鳴った。ミシェルは最初の電話を保留にして、第二の電話に応え、それも保留にした。額にかかっていた前髪をフッと吹き、わたしを見た。「朝からずっと、こんな調子よ。彼らが法廷であなたを見てからね」

「彼らって？」

「マスコミよ。願わくば、料金の払える依頼人も見ていてほしい。幸運を祈りましょう」

わたしはミシェルに、開示された証拠を渡した。「勉強の時間よ。わたしはスウェット・スーツに着替える」すぐさま数ある報告書を把握しておく必要がある、そうでなければ、圧倒されて途方に暮れることになる。電話が鳴り続けるなか、わたしは自分の部屋に入った。初日から、すでに大騒ぎだ。わたしはスウェット・スーツに着替え、ドアを開けた。電話はまだ鳴りやまなかった。「ミシェル？　留守電に任せましよう。アレックスを呼んで」

二人はわたしの机の前の椅子に座った。アレックスはiPadを開いた。

ミシェルは法律用箋の新しいページを開いた。「その顔を見ると、どうやら思っていたより悪い事態のようね」

わたしはため息をついた。「報告書によると、隣人は過去数週間、デイルとクロエが何度も喧嘩していたと言っている。隣の建物の目撃者二人は、彼がクロエをストーキングしていたと思っている」

アレックスは顔を上げて、眉をひそめた。「デイルは前もってそう言っていたんじゃなかったかな？」

「ストーキングのことは言ってなかったわ。でもそれが最悪の問題じゃない。彼らは犯罪現場をビデオ撮影した――わたしたちのお楽しみのためにね」あるいは陪審のためだ。これはじつに有効な手段で、犯罪現場報告書を読んだところによると、とりわけ生々しいもののようだ。わたしはDVDをコンピュータに入れ、画面をみんなが見える角度にした。「検死報告書を見たわ。その部分になったら、話すわね」

わたしは再生をクリックした。

小さなアパートメントだった。キッチンとダイニングの空間が右側にあり、狭いバルコニーに続く居間が、まっすぐ正面にある。居間とキッチンのあいだの短い廊下を、右に行けばバスルーム、左に行けば寝室が二つある。

ビデオは、キッチンのカウンターの上にある包丁立ての、ナイフのセットに照準が合った。切り盛り用ナイフぐらいのサイズのスロットが、一つ空いている。わたしはそれを指さした。

「彼らは、ここで殺人犯が凶器を手に入れたと考えてる。検視官は、犯人はどちらの被害者にも同じナイフを使ったと言ってるわ。凶器は見つかっていない」

居間はきちんとしていた。引き出しが引っ張り出されていたり、寝椅子のクッションが投げられたりはしていない。カメラは廊下を進み、左手の手前の寝室に入る。クロエが床に倒れている。わたしは一時停止して、目を半分開き、体を右にくねらせ、両膝は折れて左を向いている。わたしは一時停止して、現場をよく見た。クロエはジーンズと白い長袖のTシャツを着ている——Tシャツは血まみれだ。片手を横に伸ばし、もう一方の手は腹のすぐ下にあって、胸を押さえていたのがずれ落ちたのだろうか。彼女はとても小柄で、ぐしゃりと潰れたようだった——まるで踊っている途中で糸の切れた操り人形だ。

「うわあ」アレックスは言った。「すごい血だな。何度、刺したんだろう?」

「検視官は四回の刺し傷を確認した。致命的でないものが二つ、大動脈に達する致命傷が二つ」

わたしは再生をクリックした。カメラは部屋を映し始めた。鏡台の引き出しはすべて開いていて、誰かがあわてて中をかきまわしたような有様だった。ジーンズ二本とキャミソールが何枚か、床に散らばっていた。鏡台の上のランプは横向きで倒れ、床には写真入りの小さな銀色の額が三つ、割れた花瓶の横に落ちている。カメラは、クロエの耳から外れて、彼女の頭と並んで床に落ちているフープ形のイヤリングを映し出した。「デイルと喧嘩したとき、倒れて鏡台にぶつかったみたい」

「だけど、どうして引き出しをかきまわしたの？　何を探していたのかしら？」ミシエルは疑問を口にした。

「これが窃盗犯の仕業である印だと言うつもりよ。もっと宝飾品がないかと探したのよ」

ミシェルは疑わしそうな目でわたしを見た。「デイルがそのように見せかけるために細工したと言われるでしょう。窃盗にしては、すごく暴力的だわ」

アレックスはクロエの腕を流れ落ちた血を指さした。「彼女が床に倒れてから刺したみたいに見える」

わたしは言い返した。「窃盗犯はパニックだったのよ。なんの薬にせよ……ハイになってた。女の子たちが入ってきて、驚いて大慌てで……」わたしはアレックスからミシェルに目を移した。

彼女は肩をすくめた。「そうかもね。でも、あんまり気に入らないわ」

アレックスは両方の眉を上げた。何も言わなかったが、その表情から、彼もまたミシェルと同意見だとわかった。

わたしはまた再生をクリックした。カメラはクロエの部屋を出て、廊下を進み、ペイジの寝室に入った。奇妙な静けさが、殺人犯の足取りを追っているかのような雰囲気をかもしだした。

ここも、同じようにかきまわされていた。鏡台の引き出しが全部引き出されていた。一つの引き出しからブラジャーがあふれ、Tシャツが床に散らばっていた。ペイジの化粧テーブルの引き出しはすっかり引き出されて床で逆さまになっていて、クローゼットのドアは大きく開いている。カメラがベッドの向こう側に回るまで、死体は見えない。ペイジは床に、うつ伏せで倒れている。白いローブを着て、タオルが頭の一部を隠している。たぶん、襲われる前はターバンのように巻いていたのだろう。犯罪現場と検死の報告書によると、彼女はシャワーを浴びたばかりだった。血液はローブの後ろから染み出して、頭の下に大きな血だまりができている。一メートルほど離れたところに携帯電話があった。

ミシェルは息を吐きだした。「後ろから刺されたの？　頭の下の血はどうしたの？」

「犯人は喉を切った。二度ね」

報告書に書かれてあるだけでひどいことだが、それを見るのは百倍も強烈だった。陰惨な襲撃だった――女の子たちは痛々しいほど若くて無防備に見えた。

アレックスは携帯電話を指さした。「通報しようとしていたのかな？」

わたしはうなずいた。「そのようね」ペイジの部屋のほかの部分を見た。「唯一いいニュースがあるとしたら、ここもかなり散らかっているということ。窃盗説に有利かもしれない」

「何かなくなったものは？」アレックスが訊いた。

「報告書によると、ないわ。でも、警察官に何がわかるっていうの？　空のテレビ台があったわけじゃない。窃盗犯が現金や宝飾品のような小物を持っていったとしても、女の子たちと親しかった誰かが指摘しなければわからないでしょう。わたしの知るかぎり、これまでのところ、誰も申し出ていないわ」

わたしはまた、再生をクリックした。カメラがペイジのベッドの足元近くの血痕に寄った。血痕をゆっくりとたどっていき、死体まで移動した。そこでDVDを止めた。

「検死報告書によると、彼女はまずベッドの足近くで倒れて、それからベッドの横まで自分で這っていった」

恐ろしい心象風景。被害者が血を流しながら、必死に這って殺人犯から離れようとする。デイルの顔を思い出した。温かい目をして、微笑んでいる。もしこれを彼がやったとしたら、彼はとんでもない反社会的存在だ。その場合、もしかしたら――いや、きっと――ほかにも被害者がいる。なんてこと。この事件をなるべく早く法廷に持っていく、新たな理由ができた。ほかの死体が見つかる前に、ということだ。

「喉を切られたとき、ペイジはどこにいたの?」ミシェルが訊いた。

「検視官は、彼女は倒れたところで一回切られて、でもそれは深くない傷だったと言ってる。ちょっと出血する程度ね。ペイジが最終的に喉への致命傷を負ったのは、ベッドの横よ」

ミシェルはかぶりを振った。「残念ながら、これは動揺した窃盗というより、はるかに個人的な事件のようね」

わたしはため息をついた。たしかにそうだった。

場面が変わって、わたしたちはまたクロエの部屋にいた。カメラは、指紋採取用ブラシを持って、鏡台の上の二つの黒い斑点を指さしている鑑識官に寄った。わたしは一時停止をクリックした。「デイルの指紋よ。左手の小指と薬指だけ。でも二人は二ヵ月もつきあっていたんだから、これらの指紋を心配することはない」

わたしはクリックスルーして、カメラがペイジの部屋に戻るところまで進めた。「こっちの指紋のほうが心配よ」カメラは同じ鑑識官を映し出した。今は、ペイジの死体から三十センチほど離れたところの、ナイトスタンドの上の黒い斑点を指さしている。そのまま見ていると、カメラは鑑識官を追って、床に投げ出されている化粧テーブルの引き出しに近づいた。鑑識官はさらに、三つの黒い斑点を指さした。「とくにこれね」

わたしはまた一時停止した。「窃盗の通報を受けたとき、デイルが鑑識官と一緒にアパートメントの中を調べたかもしれない。でも、引き出しとナイトスタンドの指紋は、彼が最近この部屋に入ったかもしれないことを示している。このあたりは、よく使われる場所だからよ」

ミシェルはため息をついた。「ペイジはナイトスタンドを、定期的に掃除しただろうしね」

アレックスは肩をすくめた。「そうじゃなくても、窃盗は二ヵ月前の出来事だ。デイルが窃盗の捜査をしたときに指紋を残したとしても、今ごろは消えていると思わないか？　ナイトスタンド、鏡台――しょっちゅう使うものだ」

わたしはうなずいた。「いくら、状態がよければ、指紋は長いあいだ消えずに留まっているとしてもね」

「キッチンの包丁立てから、彼の指紋は採れたの？」

「いいえ。でも、ナイフを抜くのに包丁立てに触れる必要はない。警察官だったら、用心するでしょう」

アレックスは眉をひそめた。「だったら寝室の指紋についても、警察官だったら用心するんじゃないか？　どうしてあそこをきれいに掃除した証拠がないのかな？」

わたしは彼を指さした。「そのとおり。それを主張しようと思うの。でも、鑑識官の追跡調査で、見直すために現場に行って、拭き跡を見つけたなんていう発言が出てこないか、注意しておかないとね」

ミシェルはメモを見ていた。「ＤＮＡはどうなの？」

「デイルの皮膚がクロエの爪の下から、腕からは彼の汗、右の人差し指から彼の血が見つかった。彼らが喧嘩したという話と合うわね」

「ペイジからは？」

「何もない。これはいいニュースね、ただし、彼女は背後から刺されているけれどね。争った形跡がない。死体には傷や引っ掻いたあとなどはない。検視官によると、彼女はまず背中を刺されて、倒れてから喉を切られた。接触はたいしてなかった。それにデイルの髪は短い。あまり髪が落ちたりしないはずよ」

ミシェルはうなずいた。「筋は通るわね。ペイジは目撃者として、殺されなければならなかった。まちがった場所に、まちがった時間にいた。彼を苛立たせている恋人じゃない。だから慎重にしようとした」

アレックスは首をなでた。「それでは部屋を荒らされていることを窃盗犯の仕業だといって、現場を掃除しようとした形跡がないのを殺人犯が警察官であるはずはないという主張に使える。ほかにいいニュースは?」

「いつもの、ぴったり合わないものがある」どんな犯罪現場にもあるものだ。警察官は目についたものをすべて拾ってくるので、何にも——誰にも適合しない証拠物が常にある。「ペイジのローブには髪の毛がついていて、それは彼女のでもデイルのでもないようなの。だけど毛根がないのでDNAはない。性別もわからない。それにテリークロスのローブだから、ある程度の時間くっついていたものかもしれない。誰の髪の毛でもありうる——クリーニング店の女性、ローブを借りた友人、彼女の前にアパートメントの建物の乾燥機を使った誰か」

「クロエはどうなの？　髪の毛はついていた？」ミシェルは訊いた。

「彼女の死体にはなかった。床に二本落ちていたわ。でもやっぱり悪い状態よ。いつ、誰が落としたものでもありうる。万が一ペイジについていたものと合致しても、たいしたことはわからないでしょうね」

「指紋は？」ミシェルが訊いた。

「ペイジのクローゼットのドアに、誰のものとも合致しない指紋が二つ見つかった——」

ミシェルは法律用箋から目を上げた。「それは気になるわね。ビデオでは、そのドアは開けっ放しになっていた」

「そうね。でもやっぱり、それらの指紋がいつそこについたのかわからない。クロエの鏡台にも、不明の指紋がいくつかあった——これも同じことよ。何日も何週も、何ヵ月もそこについていたのかもしれない」

アレックスは眉をひそめた。「それじゃあ、どうするんだ？」

「そうね。それでもこうしたものが、誰かほかの人間がその場にいた証拠だと主張するわ。問題は、その話を信じる人間がいるかってことよ。あなたなら、どう？」

アレックスは口元にｉＰａｄを見下ろした。「ここまでのところ、信じないね」

「いずれにしても、毒物学報告書は、わたしたちにとって本当にいいニュースなのかもしれないわ」ザックがよこした証拠の束の中にあった。「ペイジは若干のコカインと、〇・〇六の血中アルコール濃度だった。まだそれで、何をどうできるかはわからない。ペイジの体内には精液があり、最近性行為があったことを示していた」

アレックスは顔を上げた。「ミスター・パーフェクトかな？」

「かもしれない。クロエは血中に低レベルのヘロインが検出された。デイルの言うとおり。薬をやっていたのよ。これは、殺人をしかねない麻薬ディーラー説の助けになるかもしれない。こういうのはどう？　クロエはその人物に借金していて、その人物は借金の取り立てに彼女の部屋に行った。あるいは、売った薬を取り返そうとした」

ミシェルは眉をひそめた。「そうねえ」

だが誰のせいにするにせよ――窃盗犯か、麻薬ディーラーか――デイルとクロエが喧嘩をして、彼は彼女を殴ったということは認めざるをえない。恋人を殴る男性を、陪審は好まない――その男性が警察官であれば、なおさらだ。

お粗末な捜査を批判したり、怠惰な警察官について怒ったり、曖昧な可能性のあるダミーを挙げたりするだけでは、充分ではない。

本物の容疑者が必要だ。

14

目撃者についての最新情報がわかるように、アレックスに開示された証拠のコピーを渡した。インタビューに、彼を同行させるからだ。わたしはけっして、一人きりで目撃者と会わない。もし彼らが証言台で何かを〝忘れた〟ことにすると決めても、わたしに話したことを証言する人物が必要だ——それはわたし自身ではありえない。

ミシェルは電話の対応に戻った。電話はいくぶんおさまっていた。アレックスは彼の部屋へ行き、わたしは仕事を再開した。一時間後、ミシェルが前室で、誰かに座るように言っているのが聞こえた。数秒後、ドアを鋭く叩く音がして、ミシェルが入ってきた。「お客さんよ——」

「マスコミはだめ。今は時間が——」

「デイルの娘さん。リザ・ミルストロムよ」

わたしは机の上の書類を見て、恐ろしい犯罪現場の写真がないことを確認した。

「入ってもらって」わたしは裁判が近くなるまで、娘と話すつもりはなかったことだが、あちらから来たのであれば、いい性格証人になるかどうか確かめておいてもいい――あるいはケーブル・ニュースで格好の被写体になるかどうか。デイルは気に入らないだろうが、それで遠慮しているような余裕はない。彼には、手に入るかぎりの助けが必要だ。

ミシェルが手招きをして、青と黒のマキシ・ワンピースを着てブーツを履いた、細身の女性が入ってきた。わたしは自己紹介をし、握手をするため手を差し出した。若い子にありがちな、力ない握手を予想していた。でもリザの握手は驚くほど力強かった。ちょっと冷たくて湿っていたが、しっかりしていた。わたしは机の前の椅子に座る彼女の顔を観察した。明るい茶色の髪を長く伸ばし、母親から受け継いだと思われる繊細な顔立ちをしている。でも高い頬骨や、少し曲がった鼻筋などに、デイルと似たものがうかがえた。

わたしは座り、両手を握って机においた。「初めまして、リザ。どんな用件ですか？」

彼女は舌先をちょっと出して、室内を見回した。ようやくわたしを見ると、彼女は深呼吸をした。「わたし――あの、父はやっていないと言いたくて……わたしは父がこれをやったとは思いません」リザは咳払いをして、背筋を伸ばした。「つまり、父にはできなかったとわかってるんです」

彼女はそのメッセージを、確固たる説得力をもって伝えようとした。でもそこには、恐怖と不安定な希望が混じっていた。彼女はわたしが真実を知っていると思っていて、でも怖くて訊けないようだった。自らここへ出向いてきた勇気には感心した——人生の大半を知らずに過ごしてきた父親のために、こんなことまでするだなんて。

事態はデイルにとって非常に不利だなどと話すわけにはいかず、それでも彼女に嘘をつきたくもなかった。「約束するわ、彼が無罪だと証明できるように尽力します」彼女に質問をし始めさせたくなかったので、会話の流れを事件から逸らした。「お父さんから、二年前にこの街に来たと聞いてます。LAはどう?」

リザは肩をすくめた。「まああです。最初、誰も知り合いがいなかったころは退屈でした」

「それはいつのこと?」

「一年生の年です」

「大変だったでしょうね」彼女が気の毒になった。一年生であるというだけで、充分に嫌なものだ。そのうえ土地の新参者であれば、本当に厄介だ。寂しくて、厄介だ。

それでも彼女はとてもしっかりしているようだ。高校生だったころの自分のような、混乱した様子はない。

彼女は顔を伏せて、ため息をついた。「最悪だった。でも、今はずっとよくなりました。父が助けてくれたんです。夕食に連れていってくれたし、署にも連れていってくれた」リザは自慢げな顔をした。「警察の車に乗せてくれたこともある」

わたしは微笑んだ。「わたしも公費選任弁護人の事務所に入ったとき、二回ほど乗せてもらったわ。すごいわよね？」

彼女は笑い返し、ようやくリラックスした表情になった。「ええ。楽しかったわ」

彼女は小首を傾げて、わたしの肩のあたりを見た。「ちょっと思ったわ……刑事になるのもいいかもしれないって」

「そうね」でもわたしは、彼女が父親のあとを継ぐとは思えなかった。そのタイプには見えない——優しすぎるし、善良すぎる。わたしの偏った見方のせいだろうか。いずれにしても、彼女の人生において、デイルは肯定的な存在であるようだ。でもすぐに、犯罪現場の恐ろしい写真が頭の中に蘇った。それらと、リザと会って浮き上がってきた男性像を合致させるのは難しかった。難しいが——不可能ではない。物事を弁護する側に立ったとき、早い時期に学ぶ真実がある。悪いだけの人間はほとんどいない。わたしは一度、保護犬を世話していた連続殺人犯を弁護したことがある。「彼と知り合ったのはいいことだったようね」

リザはうなずいた。「ええ――義父を嫌いだったわけじゃないけど」

「お母さんが再婚したのはいつ？」

「三年前よ。それで、ここに引っ越してきたんです。ロニーはサウンド・エディターなの。パラマウントで働いている」彼女は言葉を切って、視線を落とした。罪悪感が顔に表われていた。「彼はいいひとよ、でも……」

「義理のお父さん、なのよね」

彼女はほっとした様子でわたしを見た。「そうなのよ」

理解できた。わたしは義父のジャックに、高校の三年生になるまで会わなかった。彼は立派な人物だが、彼に対して温かい気持ちになるのに苦労した――本物の父親という競争相手が身近にいなくてもそうだった。

わたしたちはしばらく、学校や大学進学のことなどについてお喋りした。わたしはお喋りのほとんどを彼女に任せ、彼女が法廷やカメラの前でどんなふうに見えるだろうかと考えた。でも、リザが部屋に入ってきて以来、ずっと気になっていた疑問が一つあった。わたしはそれを訊くのを、彼女が帰ろうとするときまでとっておいた。

「お母さんは、今回のことをどう思ってるの？」

リザは一瞬、唇を固く引き結んだ。「やはり、父がやったとは思っていない。でも……」リザの声が弱まった。「母は、父が癇癪持ちだと言ってるわ」彼女はあわてて言葉を足した。「母を傷つけたことがあるとか、そういうんじゃないの。母は、そんなことは考えたくないけど、何があってもおかしくないと言った」リザは、反抗的な顔をして顎をちょっと上げた。「わたしは母に、そうじゃないと言いました。父がやったんじゃないとわかっているの。ずっとデイルを知っていたわけじゃないけど、それがわからないことはない」

彼女の忠実な心は感動的であり、痛々しくもあった。わたしは精いっぱい励ますような笑みを浮かべ、ドアまで送っていきながら、彼のために闘うと言った。「会えて嬉しかったわ、リズ」

彼女は一歩離れて、わたしをハグした。「あなたが弁護人になってくれてよかった。あなたは勝つわ」彼女は待合室を横切って出ていこうとしたが、ドアに片手をおいて足を止めた。わたしを見て、ミシェルを見た。「ありがとう――何もかも」

わたしは手を振った。ドアが閉まったとき、ミシェルは言った。「いい子ね」

「そうね」

ミシェルとわたしは目を見交わした。もしこの裁判で負けたら、リザは破滅する。

15

リザの信頼の重さを意識しながら、わたしは仕事に戻った。四時に、ミシェルが部屋に入ってきた。「地区検察官からまた報告書がごっそり送られてきて、その中にクロエの妹のケイトリンの面談記録があったわ。あなたに見せておいたほうがいいと思って」彼女は開け放してある窓を見て、腕をこすった。「ここは冷蔵庫の中みたい。こうしなきゃだめなの？」

「いつものとおり、そうなのよ。だめなの」わたしは窓を開けておくのが好きだ。それで、目を覚ましていられる。ミシェルは毎回、そのことで文句を言う。

ミシェルは両腕を組み、苛立って口元を歪めた。「Ｗｉ－Ｆｉが繋がらなくなったわ」

アップグレードが必要なのだが、その余裕がなかった。「また？」

「またよ」ミシェルはため息をついた。「エイペックスに下りていって、コンピュータを使わせてもらわなきゃ」

階下にあるエイペックス・プリンティング社はめったに客が来ない。でも電波状況は非常に強力で、寛大なことにわたしたちにそれを使わせてくれる。でもそこに入り浸るのは賢明なことではない。そこに来る数少ない客は、必ず五時過ぎに現われる――派手な刺青、ピアス、ほとんど全部の指に大きな指輪。ミシェルとわたしは引っ越してきた日に、そこが隠れた麻薬取引所だと察した。いつ麻薬取締局(DEA)の捜査が入ってもおかしくない。「通信会社に電話してよ、アップグレードしてもらえないか訊いてみるわ」

「もう訊いたのよ、サム。してくれなかったわ」

「もう一度試してみてもいいんじゃない」ミシェルはあきれた顔をして出ていった。

わたしはこの一ヵ月のうちに何度か、普通の近所づきあいの一貫としてエイペックスに行った。もちろん、仕事の名刺をおいてきた。あの店の誰か――従業員か客か――が、遅かれ早かれわたしの仕事を必要とする。いちばん最近行ったとき、新しい通信会社を探していると言って、彼らが使っているＷｉ-Ｆｉの業者を従業員に訊いた。その従業員はそこが最高だと言って、ログオンするところを見せてくれた。そのパスワードが長いと思ったのを、今も覚えている。ここの連中が、科学技術に明るいとは限らない。わたしはピンときた。iPadを使って彼らの使っているプロバイダーを見つけ、AP8182458989と入れてみた。店名の頭文字と電話番号だ。そんなばかな。わかりやすすぎる。そして正しかった。わたしは接続できた。

部屋を出て、ミシェルに言った。「ねえ、いい知らせがあるの！　アップグレードしたわ。エイペックスと同じプロバイダーよ」パスワードが書いてある付箋を渡した。

「すごいじゃない！」ミシェルは付箋を手にして、ログオンした。二秒後、彼女はくるりとこちらを向いて、目を細くしてわたしを見詰めた。「彼らのパスワードを盗んだわね」

わたしは肩をすくめた。「ちょっとだけね。でも、それくらいしていいでしょう」

「もし捕まったら、サム――」

わたしは手を振ってミシェルを黙らせた。「彼らのWi-Fiを便乗して使わせてもらうのなんて、彼らにしてみれば一番どうでもいい心配事よ」ミシェルはかぶりを振った。わたしは手を腰に当てた。「何よ？　これであなたは、薬の運び屋と一緒に過ごさなくていいし、電波の接続もよくなった。さあ、ご自由に」

わたしは部屋に戻った。ミシェルが小声で、わたしたちは〝セメント漬けにされる〟とかなんとか言うのが聞こえた。

わたしは肩越しに叫んだ。「彼らはそんなに創造的じゃないわよ、ミッチー」

ミシェルが叫び返してきた。「そりゃあ安心ね、サム」

わたしはコンピュータの前に座り、エイペックスのWi-Fiを使って飛んだ。これまで経験した中で最も速いネットへの接続だった。何ヵ月も前にやるべきだった。ザックからの電子メールを探して、スクロールした。

近いうちにケイトリンの供述書を手に入れたいと思っていた。デイルは、あの晩アパートメントに行ったとき、クロエは妹と電話で話していたと言っていた。供述書を見つけた。「まずい!」

ミシェルが入ってきた。「どうしたの?」

「あの晩クロエは妹に、デイルと別れるつもりだと話してる。これは、まずいわ!」

麻薬の常用をめぐる喧嘩はあっていい。でも別れ話をめぐっての喧嘩というのは、古典的な殺人の動機になる。

「デイルは別れ話については何も言わなかったのね?」

「ええ」

「二人のときは麻薬のことに終始して、彼女はその話を持ち出せなかったのかもしれない」

そうかもしれない。そうであってほしい。こんなに早く、デイルがわたしに隠しごとをしていたと考えたくはない。「ケイトリンにはどこで会えるかしら？」

「午後、サンタモニカ・コミュニティ・カレッジ近くのスターバックスで働いている。午後の四時から九時までのシフトよ」

「ありがとう、ミッチー。明日にでも会ってくるわ」

ミシェルとわたしが仕事を切り上げて帰ることにしたのは、八時半だった。アレックスはまだ部屋で仕事をしていた。わたしは戸口に立った。「ちょっと、無理しないでね。時間給じゃないでしょう。それに明日は朝早くに出かけるのよ」

アレックスは微笑んだ。「開示された証拠についてはもう終わった。今は私立探偵の技術について読んでたんだ。何時だい？」

彼と知り合えて本当に幸運だった。「八時にして。うちまで迎えにきてね。ベウラがまだ走れないから」わたしは十ドル札を出した。「コーヒーを買ってきて」

彼は紙幣を受け取って、挨拶をした。ミシェルとわたしは事務所を出た。ミシェルに送ってもらうことになっていた。

駐車場を出たところで、わたしの携帯電話が鳴った。発信元のＩＤは、〝ブロックされています〟と出た。どういう意味かはわかっていた。放っておいてヴォイスメールに繋げてもいいが、今すぐ我慢して終わらせようと決めた。

ミシェルがわたしを見た。わたしは〝愛するママよ〟と、口を動かしてみせた。ミシェルは頭を振った。「よろしくって言って」

セレストは、わたしが〈ピープル〉誌に、母が偽物のルブタンを履いていると話したかのような勢いで嚙みついてきた。「名前を売るためだけでしょう？　本当にやるわけじゃないわよね！」

「なんの話？」なんの話かわかっていたが、この会話を母にとって円滑に進める手助けなどしたくなかった。

「あの恐ろしい殺人犯の弁護よ！　たった今、E!チャンネルで見たわ。あの男は危険よ。襲われでもしたらどうするの？」

「彼は勾留中よ、セレスト。誰のことも襲えない」

「彼の代わりに、外の人間に襲わせるかもしれない」

「彼は警察官よ。クリップスみたいなギャングのメンバーじゃない。ジョン・ゴッティのようなマフィアともちがう。それにどうしてわたしを襲うの？　わたしは味方なのに」

「だって彼は犯罪者でしょう、サマンサ。理由などいらない。頭がおかしいのよ。そうじゃなければ、あのすてきな女優とルームメイトを殺したりする？」

「推定無罪はどうなったの？　彼がやってない可能性もあるのよ」ありそうもないが、ありうる。

「お願い、サマンサ。確実にやったとわかっていなければ、刑事を訴えたりしない――」

それはそうだ。でも母に同意するより、粉ガラスを嚙むほうがましだ。「彼らだって、みんなみたいにまちがいは犯すわ」誰のことも有罪だと決めつける母の態度は、何も新しいものではなかった――それに、わたしも同意見だった。わたしは新しいほうへ話題を向けた。「いったいいつから、わたしの仕事やわたしの依頼人のことを、気にするようになったの？」

母の口調が鋭くなった。「そんな言い方はしないで。あなたのすることは、全部気にしているわ」

とんでもない。「自分に影響があるときだけでしょう」

長い沈黙があった。「あなたはなんでも悪く受け取るのね、サマンサ」

「現実のままに受け取るだけよ、セレスト」

母の声が甲高くなった。「そんなことないわ！　あなたのためを思って言ってるのよ。この事件を引き受けないで。あの男から離れて――あの警察官からね！　聞いてるの？　やめなさいね！」

あと一区画で住まいのある建物だった。「駐車場に入るわ。電波が届かなくなる」

「聞きなさい、サマンサ！　今まで、わたしがこんなことを言ったことがあった？」

母にはほかに傷つくような嫌なことをさんざん言われたが、たしかにそうだ。これは新しい。「考えてみるわ。じゃあね」

わたしは通話を切った。ミシェルは車をうちの建物の前の路肩に寄せた。

「あなたがあの事件を引き受けることを、お母さんは喜んでいないみたいね」

「あなたの推理力には、いつでも驚かされる」

「お金が必要なんだって、お母さんに言ってやれば？」

「そんなことをしたら母はジャックにお金を用意させるでしょう。母からもらうぐらいなら、右手を切り落とすわ」

ミシェルはため息をついた。「明日は、何時ごろ事務所に戻る予定？」

「わからない。わかったら電話する」

階上に行き、スウェット・スーツに着替え、セレストとの約束を守った。仕事について考えたのだ。事件から手を引こうというのではない。なぜ母はやめさせたいのか、だ。

わたしは三十三年間、セレスト・ブリンクマンととても近しい個人的なつきあいをしてきた（母の元々の名前はシャーレーンというが、垢抜けないからという理由で改名した）。これが、母がわたしの身の安全を心配してのことではないというのはわかる。何かを大騒ぎするときは、いつでも母自身に関係がある。母の世間体、立場、都合。

結論は？　カントリー・クラブかピラティスのクラスの誰かが、この事件をわたしが担当すると自分の評判が悪くなると思わせるような発言をしたにちがいない。母にとってそれほど重大なことなら、それは母自身がどうにかすればいい。わたしはそんな、邪悪で自分勝手な娘なのだ。

16

また忌まわしい悪夢を見て、しわがれた悲鳴とともに目が覚めた。不快な映像の衝撃が弱まり、震えが止まるまでに、コーヒー四杯を必要としたため、その後の行動が少し遅れた。そしてもちろん、アレックスは十五分早く現われた。「ごめん、サム。待たせたくないようにしたかったから」

「いいのよ」これがLAだ。一時間早いか、二時間遅いかだ。助手席に、厚紙のトレーに入った大きなコーヒーのカップが二つあった。五杯目は飲みすぎかもしれないが、悪夢に混迷しているよりは、カフェインで高揚しているほうがいい。「混ぜ物なしよね？」わたしはラテとかフラッペみたいなものの愛好者ではない。とにかくカフェインだけもらえれば、誰のことも傷つけない。アレックスはうなずいた。「ありがとう」

アレックスはスラックスとブレザーを着ていた。わたしがシートベルトを締めるさい、彼はわたしの服を見た。「ジーンズに黒革のジャケット？　弁護士だって思われたくないの？」

「もちろん思われたいわよ、だけど、話もしてもらいたい」わたしは彼の格好を見た。「スーツでは、〝リラックスして、白状しな〟とはならないわ」

彼は疑わしそうな顔つきだったが、何も言い返さなかった。「まずローレル・キャニオン、それからケイトリンに会いにサンタモニカに行く、そうだね？」

わたしはうなずいた。ローレル・キャニオンはかつて、クリエイティヴという点において、この星でいちばん進んでいる場所の一つだった。ジョニ・ミッチェル、ジム・モリソン、マナ・キャス、グレン・フライ――みんな、かつてはあそこに住んでいた。ローレル・キャニオン大通りにあるキャニオン・カントリー・ストアには、今でもサイケデリックな看板がある。だが今ではごたまぜな場所になってしまった。峡谷（キャニオン）だけに、山頂と谷がある。文字通りにも、比喩的にもだ。高いところへ行けば、それだけ眺めはよくなり、不動産も豪華になる――億万長者のような不動産だ。スティーヴン・タイラーは、そんな屋敷の一つに住んでいた。ジャスティン・ティンバーレイクも、そうだと聞いた。だから、まだクールな住人はいる――ただし、億万長者タイプのクールなひとたちだが。

だが低いほうは見晴らしが悪く、荒んでいる場合もある。家の中には、かろうじて配管設備のある洞穴程度に見えるものもある。配管設備については、わたしの勝手な想像だが。

クロエとペイジは、ハリウッド川の峡谷の底に住んでいた。ハリウッド大通りがローレル・キャニオン大通りにつながる最後の部分だ。聞こえのいい住所ではあるが、クールな要素は一つもない。彼女たちの住んでいた建物は、六〇年代に見かけや細部にたいした注意を払わずに建てられた、二階建ての下見板を張ったものの一つだ――警察の報告書によると、防音にも注意は払われていない。

アレックスは左折して、ローレル・キャニオン大通りに車を入れた。「どこから始める？」

「隣の建物に行きましょう」警察の報告書を読みあげた。「1Cのニッキ・インガルスは、デイルが毎晩通りを車で行ったり来たりしているのを見たと言ってる――〝気味の悪い顔つき〟でね」

「夜間に車を運転してたなら、どうして〝気味の悪い顔〟が見えたんだ？」

「スーパーガールには透視能力がある。でももしかしたら彼女は不死身じゃないかもしれない、それこそわたしたちが突き止めなくちゃならないことよ」

注目を浴びる事件は、あらゆるタイプの人間を引き寄せたり追い払ったりする。我がニッキは無料でテレビに出られる時間が目当ての女優／モデル／ゲームショーの司会者志望なのかもしれないし、人目を引きたいよくいる負け組なのかもしれない――あるいはたいていの人を〝気味が悪い〟顔つきだと思う変人か。正直でまっとうな目撃者である可能性は、統計学的に扱うに値しないほど些細な数だ。

アパートメントの1Cは、狭い芝地に日に焼けたプラスティック製のフラミンゴが二つある、ハリウッド大通りに面した、色あせたピンク色の二階建ての建物の地上階にあった。各部屋に、通りに面した窓がある。ニッキはまずまず、通りを見ることができる。だがわたしは、通りの両側に街灯があるが、そのどれも1Cに近くはないことに気づいた。それに街灯がすべて機能しているとはかぎらない。小さな前庭に続く、二段のコンクリート製の階段を上がり、のぞき穴のすぐ上に銀色の〝1C〟が掛かっている灰色のドアを見つけた。ノックして、一歩下がってニッキにわたしたちを観察するチャンスを与えた。アレックスの格好よさを確認するチャンスでもある。警察の報告書によると、ニッキは三十代で、一人暮らしだ。

中の木製の床を歩く音が聞こえた。それから間があって、ドアが開いた。ニッキはきつそうな青いスウェット・パンツと、両袖とお腹の部分を切り落としたスウェット・シャツを着ていた。手を掛け過ぎた、顎までの長さのプラチナ色の髪を払い、物憂げな微笑みを浮かべてドアにもたれている。「なんのご用？」

彼女はアレックスばかりを見ていて、わたしがいるのに気づいてもいなかった。意地悪な喜びとともに、とつぜん大声を出して驚かしてやった。「数分いいかしら」

物憂げな微笑みは消えた。不愉快そうに横目でわたしを見た。「なんの用？」

「クロエとペイジに関わる事件を調査していて、いくつか質問に答えてもらいたいの」わたしはできるだけ、被告側で働いていることを伏せておこうとした。五十七回もドアを鼻先で閉められて学んだことだ。

ニッキの視線はアレックスのほうへ戻った。また物憂げな笑みが浮かんだ。彼女はまだ希望を持っている。

目撃者の扱い方を心得ているというのは、調査するうえで重要だ。わたしは一歩下がって、アレックスがどうするかを見た。彼は彼女を、クラリネットのように扱った。いかにも誠実そうな顔つきで彼女を見た。「ミズ・インガルス、ちょっと時間を取ってもらえると嬉しいんです。ほんの五分です、迷惑はかけません」

彼女は熱い歩道に落ちたアイスクリーム・コーンのようにとろけた。「いいわ」彼女はあちらを向き、わたしたちに入ってくるように手ぶりした。「だけど急いでね。一時間もしないうちにオーディションがあって、支度しなくちゃならないの」

アレックスとわたしは彼女の背後で視線を交わし、居間のみすぼらしい青いシュニール織の布地のかかった寝椅子に向かった。人間の行動が、これほど決まりきっていなければいいのにと思うことがある。逆に、予想どおりであることが嬉しいこともある。ニッキはわたしたちと向き合ってオットーマン・チェアに座り、これ見よがしに脚を組んだ――爪先は尖っていて、いろいろ見るべきものがあった。爪は鮮やかなピンクに塗ってあり、親指には特に派手な模様がある。彼女はわたしたちが何者か訊くつもりがあっただろうか？

彼女はまたアレックスに微笑みかけた。「警察に、容疑者をこの近くでしょっちゅう見たと話したわ」

アレックスは、ポケット・レコーダーを回しているにもかかわらず、ノートを取り出してみせた。わたしが職歴のごく初期に学んだ手法で、昨日アレックスに教えた。録音していることは秘密にしておく。目撃者の前で取ったメモの補強にしか使わない。依頼人を傷つけるようなことは書かない。目撃者を召喚することになれば、彼らの発言を報告しなければならないからだ。警察がするように発言が文字で書かれていれば、陪審への心象もいい。ああ、ある意味で警察と同じように、か。

アレックスはペンを取り出した。「殺人のあった夜、デイル・ピアソンを見ましたか？」

「いいえ。あの晩はハイド・ラウンジにいたわ」

夢の中の話だ。警察に話した幻想の時代と同じ。ニッキは少なくとも十年前に三十五歳を過ぎている。それにハイド・ラウンジのように高価なクラブに入り浸れるはずはない。

でもアレックスは彼女に微笑みかけた。「ハイド・ラウンジだって。いいね。最初にデイル・ピアソンに会ったのはいつだったか覚えているかな？」

彼女は唇を尖らせて、それから下唇を引っ張った。「二ヵ月前だったかしら？　建物の裏でばったり会った。駐車場が隣どうしなの」

「どうして彼だとわかったのかな？」

「自分でそう言ったのよ。引っ越してきたひとかと思って、自己紹介をしたらね。ほら、近所づきあいみたいなものね」

たぶん、うんと親しいつきあいを試みたのだろう。

アレックスはわかるというように微笑んだ。「彼は感じがよかった？」

ニッキはしかめ面をした。「いいえ。そっけなかったわ。急いでいると言って、挨拶をしただけ」

「その次に会ったのはいつだった？」

「一週間後？　二週間後だったかしら？　うちの前を、ハリウッド大通りを東に向かって車で走っていって、それから引き返してきて、クロエの家のほうへ戻っていった」

「彼はどんな様子だった？　楽しそうだった？　寂しそうだった？　慌てていたかな？」

「そうね……緊張していたわ。何かを探してるみたいだった。あるいは、誰かをね」

彼女は意味深な目つきでアレックスを見た。

「誰を探していたんだと思う？」

ニッキは大げさに肩をすくめて、スウェット・シャツの裾が、ブラジャーの下のあたりが見えるほど上がった。観衆の興味を引かないはずはない演技だ。わたしはおかしくてたまらなかった。アレックスは——彼の勝ちを認めよう——役柄をうまく演じ、彼女の狙い通りに視線を弾ませた。それを、ごく自然にやってのけた。

ニッキは口を尖らせて眉をひそめた。「わからないわ。別の男かしら？　ストーカーみたいに見えたわ」

はあ？　彼は車で行ったり来たりしていて……なんだって？　ライバルの男を捕ま

えようとしていた？　それだったら、建物の前に車を止めておくほうが簡単ではないか？

「次に彼を見たのは？」

「わからないわ。たぶん一週間か。二週間あとかしら？　同じことよ。あと二回あった。彼はあの……同じような表情だった。なんだか怖かったわ」

わたしの〝たわごとメーター〟が危険値を示した。わたしは会話に飛びこんだ。「怖いというと、彼は怒っていたの？」

ニッキはわたしをちらりと見たが、すぐにアレックスに視線を戻した。「それより、気味悪かったわ」彼女はちょっと震えてみせた。「でも、怒ってもいたわね。だから、クロエを疑ってたんじゃないかって思ったの」

女優として目が出ないのがわかる気がした。「この建物でほかに、デイル・ピアソンがそんな様子だったのに気づいたひとはいた？」

彼女はわたしのことをろくに見ずに答えた。「シーラは気づいてたと思う。シーラ・ワグナーよ。部屋は2C」ニッキは親指で天井を指した。

警察の報告書で、シーラ・ワグナーという名前について読んだ記憶はなかった。

「その女性はデイルについてなんて言ってたの？」

わたしはつい、質問をしすぎた。ニッキは怪訝そうにわたしを見た。「ちょっと、あなたたち、誰なの？」

アレックスは愛想よく割って入った。「ごめん、ニッキ。もう言ったかと思っていた。ぼくたちは被告のために働いている」彼は名刺を出した。「さあ、これを」

彼女は名刺を手に取った。それはわたしの名刺だった。まだアレックスの名刺を作る時間がなかった。ニッキは、目を細くしてわたしを見た。「あなたたち、彼の側だっていうの？」

ついにばれた。「わたしは彼の弁護人よ。アレックスは——」

「調査員なんだ」アレックスは立ち上がった。わたしたちはドアに向かった。彼は戸口で立ち止まり、彼女に甘い笑みをみせた。「何か思いつくことがあったら、電話してほしい。いつでもね」

彼女の顔に、葛藤がうかがえた。いやらしい被告側弁護人に対する嫌悪が、すてきな調査員に対する欲望と闘っていた。すてきな調査員が勝った。

わたしたちが歩道を歩き去るとき、ニッキは側柱に寄りかかり、アレックスに精いっぱいセクシーな笑みを向けていた。「きっと電話するわ」

アレックスは彼女に手を振った。わたしはドアの閉まる音がするまで歩き続け、それから足を止めた。「よくやったわ、アレックス。チームのために、媚びるような真似までしてくれて嬉しいわ」

「何言ってるんだよ？　あんなのはなんでもない。ぼくが高級車を売っていたの、覚えているだろう？」

17

アパートメント2Cのドアをノックしたが、シーラ・ワグナーは出てこなかった。何か気配がないかとドアに身を寄せたとき、2Dのドアが開き、裸足で、上半身裸でローライズのジーンズをはいた若い男性が出てきた。口の端に煙草をくわえ、煙越しに、ハシバミ色の目をすがめてわたしたちを見た。汚れた、八方塞がりな格好よさがある。高校生のころなら、きっとこの男性を一目で好きになった。彼の視線は一瞬アレックスのほうへ行き、わたしに戻った。媚びる番が回ってきたのが嬉しかった。

わたしは彼に微笑みかけた。「シーラ・ワグナーを探しているんです」

「保護観察官かい？」わたしはかぶりを振り始めたが、彼は笑った。「冗談だよ。シーラは修道女みたいなもんだ」

この地区に住んでいて？「修道女ですか？」

彼はくすくす笑った。「いや。司書なんだ。でも同じようなものじゃないか？　たぶん犬の散歩に行ってるんじゃないかな。もう少し待っててみなよ。帰ってくる」

「じつは、デイル・ピアソンのことで話を聞きにきたんです」

「デイルね」彼は煙草をゆっくり吸って、口の端から吐き出した。「おれが知ってるはずの男かな？」

「殺人事件で逮捕された」彼はまだ、困惑した顔をしている。「クロエとペイジのね」

彼はゆっくりとうなずいた。「あんたたち、警察官には見えないな」わたしは自分たちが何者かを告げた。彼はうなずいた。「いいや、その男には会ってない。でもクロエとは会ったことがある。ここに越してきたとき、二回ぐらい一緒に飲んだよ」

「それで？」

彼は通りのほうを見た。「彼女はいい子だったけど、とっちらかってたな。彼女には何かがあった、なんだろう……壊れてるっていうか」彼はまた煙草を吸った。「短い時間にたくさんのことを見過ぎたっていう感じかな」

この男性に対して期待していた以上に意味深い洞察だった。何からの引用か、わかった。「ストーンズね。〈19回目の神経衰弱〉。あなた、ミュージシャンなの？」

彼は感心したようにうなずいて、わたしの全身を眺めた。「そうなろうとしてる」

その顔に刺激されて生まれた興奮のようなものを、なんとか抑えつけた。

アパートメントの中から女性の呼びかける声がした。「ベイブ? どうしたの?」

彼はうっすらと笑った。「お呼びだ」

わたしは名刺を出した。「何か思いついたときのために」

彼は名刺を手にして、ちらりと見た。「あるいは、厄介ごとに巻きこまれたときのために?」

「そうね」

彼が中に入ったとき、犬の足指の爪がカチカチいう音が、廊下を近づいてきた。綱につながれた、中ぐらいの大きさのチョコレート色のピットブルが見えた。綱を持っているのは、茶色い髪が腰に届きそうなくらい長い、ほっそりした女性だった。「シーラかしら?」

「ええ。何かご用?」彼女は頰が赤くなっていて、思っていたよりずっと若そうだった。二十代後半といったところだろうか。シーラという名前は、少なくとも六十代の女性を想像してしまう。

わたしは自分たちが何者かを話した。彼女はちょっと眉をひそめた。「警察の報告書に、わたしの供述はなかったかしら?」

それでは、警察官は彼女と話したのだ。気づくと、彼女の犬がわたしのブーツのにおいを嗅いでいた。犬がもう少し親しくなろうと決意する場合に備えて、わたしは一歩下がった。「わたしは見ていないわ。ニッキから名前を聞きました」

シーラはさらに眉をひそめた。「ご心配なく。トリクシーは嚙みません」

「嚙まれるのが心配だったわけじゃないの」

シーラはうなずいて、小さな犬の綱を引っ張った。トリクシーは後ろに下がって、うずくまった。「話すことはあまりなかったわ。あの……二人が死んだ夜、わたしは親戚の家に行っていたので」

「クロエやペイジのことを知っていましたか?」わたしは彼女が、座って落ち着いて話のできるところへ招き入れてくれるのを待っていたが、彼女にはそのつもりはないようだった。

「挨拶をする程度よ。あなた、C・Jと話すといいかもしれないわ。彼はクロエとデートしてたと思う」

「C・Jというのは、あなたのお隣?」シーラはわたしの肩越しに彼のドアを見てうなずいた。その視線がしばらく留まる様子から、彼女はそのドアをしょっちゅう見ているような印象を得た。「警察にはなんて話しましたか?」

「二ヵ月前にデイル・ピアソンに会ったとだけ。車が峡谷でパンクしてしまって、自動車協会が来るのを待っていました。トリクシーとディクシーが一緒でした。ディクシーが死ぬ前だったのよ。ラニヨン・キャニオンでハイキングをして帰るところで、あの子たちは喉がカラカラだった。二匹とも十五歳で、だからわたしは心配だったんです。デイルはただ一人、助けが要るかどうか車を止めてくれたひとでした」

ようやくいい情報があった。「それで？　彼は助けてくれたの？」

「ええ。とてもよくしてくれました。タイヤを替えて、あの子たちに水をくれて——あの子たちはすぐに彼に懐いたわ、いつもは男のひとを好まないのに。家の場所を話したところ——」

「彼に、どこに住んでいるのか訊かれたんですか？」

「自分から言ったんです」わたしの表情が、思ったより雄弁だったらしい。彼女はうなずいた。「ええ、よくないことですよね。でも彼はとても……安全そうでした。いずれにしても、家から二キロも離れていないところでタイヤがパンクするなんて信じられないと言ったら、彼に、クロエの家の近くに住んでいるのかと訊かれました。隣だと言ったら、窃盗に入られたことがあるか、あるいはクロエの家に窃盗が入った夜に不審な人物を見かけなかったかと訊かれました」

彼女の話が、どんどん気に入ってきた。シーラの供述が報告書になかったことは、どんどん気に入らなくなってきた。「彼に、なんて言いましたか?」

シーラはちょっと微笑んだ。「このあたりで見かける最も不審な人物は、ここに住んでるひとたちだって」彼女の視線が、またC・Jのアパートメントに向けられた。「窃盗に入られたことはないけれど、わたしにはこの、動作感知装置がいる」シーラは足元で眠ってしまったらしい彼女の動作感知装置を、可愛くてしかたないという様子で見下ろした。「当時はこの子の姉のディクシーもいました。でも本当はわたしは、ひととあまり会わないんです。一日じゅう図書館で働いていて、帰宅すると部屋に引きこもっていますから」

「それじゃあ、ほかの隣人のことは知らないんですか? ニッキとC・J以外は?」

シーラはかぶりを振った。「本当はC・Jだけです。ニッキとは、警察官が彼女のところから帰ろうとしていたとき、トリクシーの散歩から帰ってきて、顔を合わせただけ。彼女が、わたしのことを警察官に話したのね」

「その後、デイルとは会いましたか?」

「彼が来るか、帰るかするときに、二回ほどね。手を振って、挨拶をしました」

「夜、周囲を見ながら通りを車で行ったり来たりしているのを見たことはなかったですか?」

シーラは眉をひそめた。「いいえ。ありません。でも言ったとおり、夜はあまり外を見ないんです。帰宅して、夕食をとって、就寝する」

「警察官に、デイルと会ったことを話しましたか?」

「ええ。話しました。でもあまり興味がなかったみたい。もどかしそうに、〝ああ、わかった〟みたいにあしらわれた、わかります?」

よくわかった。もうすぐ、五十余りのニュース番組のおかげで、誰もがわかることになる。

18

わたしたちはシーラの住まいの隣の、クロエの住んでいた建物に行った。そこに彼女が住んでいたことを知るのに、彼女の住所は必要なかった。建物の前の歩道や中央分離帯は、花やテディベアや蠟燭(ろうそく)、そしてクロエに対する愛と彼女を失ったことに対する苦悩に満ちあふれた手書きのメッセージでいっぱいだった。そのあいだを縫って歩いていくと、シーラのところより若干くたびれた建物が見えた。緑色の装飾のペンキがはがれている、すすけた白い建物で、通りに面し、峡谷を背にしている。

建物の配置を把握したかったので、わたしたちは一階の部屋の前にある外廊下を歩いてみた。一階に六戸、二階に六戸。クロエとペイジは二階の二〇八号室に住んでいた。

ここで話をしたい目撃者はたった一人だった。そのほかも、デイルとクロエが争うのを聞いたと言っていたが、最も詳細で悪影響を及ぼす供述をしたのはジャネット・

レイダーだった。彼女は訴追側の鍵となる目撃証人だ——いや、聴取証人だ。わたしは彼女と話すべきかどうか考えた。たとえ彼女が証言台で曖昧な態度を取ろうとしても、地区検察官は、彼女が警察に話したことを認めさせるだろう——それで充分だ。わたしは何か弱点がないかどうか、探りたかった。

「今回はわたしが話すわ、アレックス。でも、何か見落としていると思ったら、遠慮しないで言ってね」

彼はうなずいた。わたしはドアをノックした。応えはなかった。数秒待ってからもう一度ノックしようとして手を上げたが、いきなりドアが開いたので、拳が宙に浮いた状態になった。痩せた若者が戸口に立っていた。わたしは七十代の年配の女性を予想していたのに。その男性に、クロエ・モナハンとペイジ・アヴナーについて、ジャネット・レイダーと話がしたくて来たと言った。

「ああ、母に用事なのか」彼はわたしから、アレックスに視線を移した。「きみは警察官には見えないな。誰なんだ？」

「わたしたちはデイル・ピアソンの弁護人で、警察の報告書にある目撃者全員の話を聞いているんです」わたしは常に、ほかの全員の話を聞いているように話すことにしている。

な？」
「ええと——母は、今すぐ話せるとは思えない。あとで電話するようにしてもいいか
　アレックスは割って入った。「数分だけです、本当に——」
　若者の向こうから、声がした。「エヴァン？　誰なの？」若者はその声に答えた。
「いいわ、中に入れて。話をするわ」若者より背が高くてがっしりした、灰色の髪を
短くし、黒いゴム製の看護師用の靴をはいた女性が現われて、わたしたちに入るよう
に手招きをした。「法廷で、あなたたちと話すのを拒否したと言われたくないから」
　どうやら以前に、証言したことがあるようだ。目撃者に話すのを拒否された場合、
わたしは必ずそのことを陪審の前で認めさせる。そうやって、わたしに対して偏見が
あることを示す。それが役立つこともあった。役立たないことのほうが多かったが。
　エヴァンはわたしたちにくっついて、キッチンの隅の、小さなダイニングの部分に
来たが、ジャネットが彼を追い払った。「自分で応対できるわ。あなたはわたしのコ
ンピュータの何が悪いのか、調べてちょうだい」
「大丈夫？」
「ええ。さあ行って」
　彼は立ち去った。ジャネットはTシャツの襟に引っ掛けてあった丸い金属縁の眼鏡

をかけ、ダイニング・テーブルの周りに座るように手ぶりした。「あの晩のことを聞きたいんでしょう」

「そうです」わたしはハンドバッグからノートを取り出した。「クロエとペイジとは、どれぐらい親しかったんですか？」

「歩道ですれちがうと挨拶をするぐらいよ。でも、建物を出入りするのは何度も見ました。わたしはターゲットの店舗マネジャーをしていたけれど、もう辞めたので、家にいる時間が長いんです」

「彼女たちのところに来客は多かったですか？」

「最近はそうでもなかった。クロエが引っ越したてのころは、すごくもてていたみたい。若い男性がたくさん来ました」

「どうしてクロエに会いにきたとわかるんですか？　ペイジではなくて？」

「クロエと出かけるのを見たわ」

出かけるのを見た。ここには歩道が見えるような窓はない。「どうして出かけるのが見えたんですか？」

「ドアののぞき穴から見たのよ。雑用や洗濯のために外出するとき、彼女が男性と一緒に出入りするのが見えたこともあった」

なるほど。ジャネットはこの建物の〝グラディス・クラビッツ〟なのか。どの集合住宅にも、一人は覗き屋がいるものだ。「デイル・ピアソンと会ったことはありましたか？」

「ええ、もちろん。ほとんど毎日、ここに来ていました」

「最初に会ったときのことを話してもらえますか？」よく覚えていないとはぐらかすような答えを予想していた。ちがった。

「彼は二人のところのドアをノックしていて、ドアが開かなくてもずっとノックし続けました。ドアが壊れるんじゃないかと思ったので、外に出て、彼女たちは家にいないと言ったんです。彼はすごく怒って、クロエは彼が来るのを知っているのにと言いました」

「怒鳴ったんですか？」

「いいえ。ただ……そうね、すごく苛立ってたと言っておきましょうか」

そう、そのようにしよう。「彼女たちがいないと言ったら、彼は帰りましたか？」

「いいえ。またあとで来たらどうかと行ったら、彼はすごい表情でわたしを睨んで――」

「あなたに何か言ったんですか？」

「わたしに？　いいえ何も。でもそこへクロエが帰ってきて、彼は彼女のことをすごく非難しました。どこへ行っていたんだとか、どうして遅くなると電話しなかったんだとか」ジャネットは一息ついた。「今ではたいしたことではないように聞こえるけれど、彼の口調がね。あのときは怒鳴ってはいなかったけれど、でも……ずいぶん熱がこもっていました。もしわたしがいなかったら、つかみかかっていたかもしれない。なにかしら、彼には怖いものを感じました」

ジャネットが話を粉飾して話すタイプのようだと思えればよかったのだが、そうでもなかった。これでニッキの話も、思っていたより正確だったのかもしれないと思えた――警察は、デイルを同じように描写する目撃者をどれくらい探し出してくるだろう。「それはいつのことですか？」

「一ヵ月ほど前よ」

「二人は喧嘩しましたか？」

「そのときはしませんでした」

「ほかのときは？　あの、最後の晩の前に？」

「数回ですね。聞こえたところによると、彼は彼女が麻薬をやってるので、騒いでいたみたい」彼女はかぶりを振った。「その点は、彼を責められないわ」

「どうしてそんなに聞こえたんですか？」

「スライディング・ドアを、よく開けっ放しにしていました。わたしもです。ここは広くはないし、閉めていると息苦しくなるんです。いずれにしても、彼女が亡くなった夜、二人はそれまでにないほど、ひどい喧嘩をしました。遅かれ早かれ彼女は彼と別れるだろうと思っていたけど、そのとおりでした」

「彼女は彼と別れたんですか？」ジャネットはうなずいた。「そう言うのを聞いたんですか？」それはジャネットの供述になかった。

「大きな声で、はっきりとね」

「どうしてそれを警察に話さなかったんですか？」

「話したと思いますよ」ジャネットは眉をひそめた。

彼女を信じたくなかった。でも、彼女の声には揺るぎない自信が感じられただけではない。クロエの妹も、クロエが別れるつもりだったと言っていたという事実がある。これはまずい。それ以上だ。一触即発の癇癪と、古典的な動機。ほかの人物の犯行にできる可能性が、刻々と小さくなっていく。わたしは彼女の部屋のスライディング・ドアを見た。カーテンは閉まっていた。「二人はそのとき、怒鳴り合っていたんですか？」

「ドアから入ってきた瞬間からね」ジャネットは、膝の上で握っている両手を見下ろした。「警察を呼ぶべきだったんです。でも、二人は何度も喧嘩をしていました。それに彼は警察官でしょう。まさか彼が……」彼女の声は消え入った。

ジャネットがわたしたちにとって手ごわい証人になるのはわかっていた。でも今は、彼女の存在は思っていた以上の大打撃になるとわかった。これ以上どれほどの影響力を持ちうるか、知っておかなければならない。「あの晩、ペイジとは会いましたか？」

「彼女が帰宅したのを聞いたかもしれません。でも、確証はないわ。あの晩は、早くベッドに入ったから。喧嘩の声で目が覚めたんです」

「じゃあ、ペイジはクロエより先に帰宅したと思いますか？」

「たぶん。でも本当に、自信がないわ」

「何時に目が覚めたかわかりますか？　つまり、喧嘩のせいで？」デイルがあそこを出たのが、二人を殺すには早すぎることを示すような時刻だと特定できるかもしれない。

「考えてみます。起きたとき、もう二人はすでにしばらく喧嘩をしていました。牛乳を温めて飲むことにして、オーブンの上の時計を見たのを覚えています。朝の一時半と出ていました。一分か二分ちがっているかもしれないけれど、そのくらいでした」

まずい。検視官は死亡時刻を、午前一時から午前四時のあいだとしていた。「その後、ベッドに戻ったんですか?」

「すぐにではありません。キッチンにいて、牛乳を飲みました。それで、彼女たちの部屋のドアが開いて、閉まるのを聞いたんです。見にいったら、彼が廊下を、階段に向かって歩いていくのが見えました」

「彼は何か普段とちがったところがありましたか?」

彼女はかぶりを振った。「よく見えませんでした。のぞき穴から見ていたし、彼は背中をこちらに向けていました」

わたしは気を取り直して、少し考える時間が欲しかった。「こちらのバルコニーに出させてもらえますか?」

ジャネットは口をきゅっと結び、腕を組んだ。「どうぞ。わかると思いますよ。ガラスのドアが開いていると、なんでもはっきりと聞こえます」

「あなたを疑っているわけじゃありません」じつは疑っていた。あるいは、ただの願望だろうか。「バルコニーがどんな様子か、見てみたいんです。アパートメントは、みんな同じ間取りですよね?」

「わたしの知る限りでは」

アレックスとわたしは居間を横切り、わたしがカーテンを開けた。小さいが、実用的なバルコニーで、木の手すりがついていた。錆びた火鉢が右隅にある。クロエのアパートメントは左隣で、そのバルコニーは手の届く距離にある。まちがいない、もし双方のスライディング・ドアが開いていたら、ジャネットは簡単に会話を聞くことができただろう。わたしはアレックスに写真を撮るように言った。

周囲を見回すと、建物の裏手の土地は高くなっていて、全室にそれぞれのバルコニーがあるのが見て取れた。窃盗はどうして二階の部屋に入れたのかと不思議だったが、今、それが簡単なことだったとわかった。ある程度機敏に動ければ、下のバルコニーの手すりに乗って、クロエのバルコニーへと体を引き上げられる。このあたりは周りから隠されている。駐車場は建物の反対側の端だし、裏手の家にはこちら向きの窓がない。

わたしは中に戻った。「いつ、ふたたび寝入りましたか？」

「デイルが去ってから十分くらいは起きていました。だから午前二時ぐらいだったと思います」

「デイルが去ったあと、アパートメントに誰かが来た音はしましたか？」

「いいえ」

ジャネットの息子が部屋に戻ってきた。「全部できたよ、ママ」彼はわたしたちに向かって、頭を振ってみせた。「あの警察官が逮捕される前は、二一二の男が犯人なんだろうと思ってた」

「それは誰ですか？」

ジャネットは口を引き結んだ。「麻薬のディーラーなのよ。みんな知ってるけれど、怖がって警察に電話をしません」

「あなたは通報したことがあるんですか？」

「いいえ。わたしはただの、一人暮らしのお祖母さんだから。わたしが通報したと知られたら、何をされると思いますか？」

息子が口をはさんだ。「ぼくがやめろと言ったんだ。そんな危険を冒すことはない。警察官は、母が彼のことを麻薬ディーラーだと思うと言ったところで、彼を逮捕したりはしない」

そうとも言いきれないと思った。でもおそらく、関わり合いにならないほうがジャネットは安心だろう。

わたしはドアに向かい、アレックスがそれに続いた。「お時間をいただいて、ありがとうございました」

ジャネットは捨て台詞を口にした。「あの年齢の男性がクロエのように若い女性と何をしているのか、理解できませんでした。まさか殺すとは思わなかったけど、最初から、いい結末にはならないとわかっていたわ」

わたしはあえて、抗弁しなかった。明らかに、いい結末にはならなかった。そして善かれ悪しかれ、陪審にはかなりの数の〝ジャネット〟がいることだろう。

19

アレックスは廊下のはずれのほうを見た。「そのディーラーとやらのところに行ってみようか？」

「そうね」その男が、警察が捜査しそこねた容疑者だと主張できるかもしれない。そういう人物を陪審の前に並べられれば、それだけ都合がいい。わたしはアレックスの紺色のブレザーとボタンダウンのシャツを見た。「でもわたしが話すわ。あなたを見たら、ドアを開けるはずがない」

「本によると、仕事向きの服装はより多くの信頼と尊敬をもたらし――」

「待って。本ってなんのこと？」

「『私立探偵のための総合的ガイド』だよ。それには――」

わたしはあきれた顔をしてみせた。「どこかの職にあぶれた元警察官が何を書こうとかまわない。わたしは、相手に合わせて服装を選べと言いたいわ。常に現地になじむようにすること」

アレックスは口を開いたが、すぐに閉じた。「わかった」

わたしたちは二一二に歩いていった。アレックスにのぞき穴から見える範囲の外にいるように指示し、ドアをノックした。中で音楽がかかっているのが聞こえた。ジャズのようだ——マイルス・デイヴィスだ。

ドア越しに声がした。「オフィスで渡した」

「お金のことを訊いてるんじゃないの。クロエとペイジについて話したいのよ」

「警察官か？」

「いいえ。弁護士よ」わたしは名刺を出して、のぞき穴の前にかざした。

デッドボルトが回る音が聞こえた。チェーンを外さないまま、ドアがわずかに開いた。わたしは隙間から名刺を突っこみ、白人男性の手がそれを取った。声が——年配か若いかのあいだ——した。「戸別訪問する弁護士なんて聞いたことないな。よほど困っているのか」

わたしはため息をついた。「被告の代理人なの」

チェーンがはずれて、ドアが開いた。マリファナに満ちた煙が漂い出てきた。あまりにも濃厚で、これだけで酔うかと思った。「あの警察官を弁護するっていうのか?」わたしはうなずいた。「厄介な事件だ」彼はアレックスに気づいた。「そいつは、あんたの連れかい?」

「そうよ。調査員なの」

アレックスは手を差し出した。「アレックス・メドラノだ」二人は握手した。

「チャズ・ゴーマンだよ。入れよ」

チャズはわたしたちを茶色いでこぼこした寝椅子に座らせ、自分はリクライニング・チェアに座った。我らがホストはひょろりと背が高く、痩せていて、軽く百八十センチは超えていそうだった。くすんだ金色の、肩まである髪をオールバックになでつけ、顔はそこそこハンサムだった。頬骨が高く、顔立ちは整っているが、ちょっと目が近い。ほんの何ミリかで印象がまったくちがうのは、おかしなものだ。彼は裸足で、ジーンズとセロニアス・モンクのTシャツを着ていた。

マリファナの煙の出所は、コーヒー・テーブルの上にあった。凝った造りの美しい水パイプで、メタリック・ブルーと緑に塗られている。家具はガレージセールの傷もののようだし、カーペットには穴が開いているが、水パイプとフラット・スクリーンのテレビは最高のものだった。彼は水パイプを手にして、ポケットからライターを出した。「少し、どう?」

アレックスはうなずいた。「ああ、ぜひ」

なんだって……？　驚いた。現地になじむようにしろと言ったら、彼はそれを真に受けた。チャズが火をつけ、二人はゆっくりと吸いこんだ。わたしは彼らが煙を吐き出すのを待った。「あなた、警察とは話した？」

「とんでもない。何があってもごめんだよ」彼は水パイプをコーヒー・テーブルの上におき、椅子の背にもたれた。「何が知りたいんだい？」

「クロエとペイジのことは知っていた？」

「少しね。クロエは、引っ越してきたばかりのころに何度か薬をやりに来た。でもこの三ヵ月か四ヵ月は来なかったな。彼女のことは好きだったよ。クールだったな。あんなことになって、がっかりだ」

「たしかにそうね。彼女の友人に会ったことはある？　恋人とか？」

「あの警察官だけだ……つまり、あんたの依頼人だね」

「彼とは話した？」

「いいや。何度か見かけただけだよ」

「ペイジについてはどう？」

「大好きだったよ。いい子だった。一度、デートに誘ったけど……」

「だめだったの？」チャズはかぶりを振った。「彼女が男のひとと一緒にいるところを見たことはあった？」

彼は眉をひそめて、水パイプに手を伸ばした。「オートバイのヘルメットを持ってる男を覚えてるな。二回、彼女を迎えにきてたと思う」

「最近？」

彼はまた水パイプに火をつけ、長いこと吸いこみ、それをアレックスに差し出した

——アレックスはそれを受け取った。まずい。彼は役に立たなくなる。そして空腹になる。チャズは煙を吐き出さないままで話した。「二ヵ月前だったかな？」そして自分の質問に答えた。「そうだ」

「彼を見たのは、それが最後？」チャズはうなずいた。「名前は知らない？」彼はかぶりを振り、煙を吐き出した。

「どんな風貌だった？」

「ぼくぐらいの背だった、いや少し低いかな。髪は長くて、茶色で……そしてヘルメットだ。側面に赤い炎が描いてあった」彼は考えこんだ。「そんなところだよ」

「オートバイは見た？」

チャズはうなずいた。「帰っていくとき、乗ってたな」

「古いやつだ。でかい音がした。ハーレーだったのかな？」彼は考えこんで、また自分で答えた。「わからない」

「殺人のあった日、あなたは家にいたの？」彼はうなずいた。「何かいつもとちがう音を聞いた？」

チャズは細い目でわたしを見た。「大きな声がした。でも言葉は聞き取れなかった」

「クロエとデイルが帰宅するのを見た？」

「いいや」彼は欠伸をして、開いた口を叩いた。「喧嘩してたのが誰だったのかもわからない。ここに住んでる連中は、あの二人だったと言ってるらしいけど」

「ペイジが帰宅するのを見た？」

彼は眉をひそめた。「いいや。でも、どうしてかな……彼女はクロエより早く帰ってきたと思うんだ」彼の話し方は、しだいにゆっくりになった。

「それはどうして？」

チャズは渇いた口を動かした。「いい質問だ。水を取ってくる。あんたたちも飲むかい？」

わたしは断わった。もちろんアレックスは言った。「ああ、頼むよ」

チャズはスローモーションでリクライニング・チェアから立ち上がり、すり足でキッチンへ行った。水のボトルを二本持って戻ってきて、一本をアレックスに渡し、リクライニング・チェアに座りなおした。彼はボトルの水を全部、一気に喉に流しこんだ。

彼が袖で口を拭いているとき、わたしはもう一度彼に質問を投げかけた。「どうしてペイジが先に帰ってきたと思うの？」

チャズは、口を軽く開けたまま、わたしの頭越しに壁の一点を見詰めた。「うーん、わからない。でもそう思うんだ。たぶん誰かがあそこのドアをノックしたんだな」

「ノックしたその人物は、中に入った？」

彼は眉をひそめた。「ああ、たぶんね……ドアが閉まる音が聞こえたから」

「それは、誰かが喧嘩する音を聞く前？　そのあと？」

「うーん……前だったと思う」

前？　それでは役に立たない。「それは真夜中よりも前だった、あとだった？」

チャズは顎をかいた。「ちょどそのころだった。真夜中前後だな」彼はくすくす笑った。「だちとやってたからさ、時計なんか見ていなかった」

わたしはため息を抑えこんだ。この話すべての信頼性が、あまりにも低かった。

「それがクロエとペイジの部屋のドアだったことは確か？　その隣か、二つ先のドアだったかもしれない？」

チャズは首を後ろにそらし、低く笑った。「二〇六の男じゃない。彼は九十代だ。彼の悪口を言ってるわけじゃない。あの歳まで生きてるなんて、ラッキーだ。でも昼食時間よりあと、彼のところには誰も会いにこないよ」彼は目を閉じた。もう話せないかと思ったら、彼は体を伸ばし、背を反らしてから、ため息をついた。「二〇七の連中。あれは彼らのところのドアだったかもしれないな」

「誰が住んでいるの？」

「男とその恋人だ。あんまり家にはいない。旅行が多いみたいだ。いつも、ドアに郵便物がたまってる」

アレックスはにやりとした。「うまく考え合わせたな」

チャズが笑い返した。「へへへ、調査員になれるかもな」

ふたりは一緒になって笑った。

わたしはアレックスを睨んだ。今まさにわたしに必要なもの。二人組のコメディアン、チーチ・アンド・チョンだ。「あの晩、二〇七のカップルは部屋にいたかしら？」

チャズはまた欠伸をして、頭上に両腕を伸ばした。「わからないな」

「ノックをした人物が、何か言うのが聞こえた?」

「いや……待てよ、聞こえたかな?」彼は天井を見上げた。「ああ、いいや。聞こえなかったと思う」

これをどの程度信じていいものやら? この男はメジャーリーグ級の麻薬常用者だ。もしかしたら誰かがどこかのアパートメントに来たのかもしれない。もしかしたらそれがクロエのところだったのかもしれない。そうじゃなかったかもしれない。真夜中前後だったかもしれない。わたしはアレックスを見た。彼に質問があるかどうか訊くつもりだったが、彼はだらしのない笑みを浮かべていた。わたしはその後もしばらく、チャズがほかに何かを覚えていないか突いてみたが、彼は何かが出てくるのではないかと思うほど大きな欠伸の合間にあやふやな答えを口にしただけだった。彼が「わからない」と答え、肩をすくめるばかりの一連の質問をしたあと、わたしは諦めた。彼からは、これ以上何も出てこない。彼から聞きだしたわずかな情報の信憑性は、めちゃくちゃだった。でも一つだけ確かなことがある。チャズは容疑者にはならない。誰かを殺せるほど長く起きてはいられない。

わたしは立ち上がって、アレックスのほうに小首を傾げた。その合図にアレックスが気づくのに数秒を要したが、やがて彼も立った。わたしはホストに微笑みかけた。「チャズ、ありがとう。話してくれて感謝してるわ」

彼はドアまで送ってきた。「いつでもどうぞ。すてきなご婦人と話すのは、大歓迎だよ」アレックスの背中をポンポンと叩いて、「あんたもな」

アレックスは歪んだ笑顔を見せた。「すごくよかったよ」

廊下に出てから、わたしはアレックスに、車に行けと言った。「少し寝なさい。二〇七はわたしが行くから」

彼は驚いて、わたしに三本目の腕が生えてきたかのような顔をした。「寝るって、なんだよ? 酔ってない。吸いこまなかった。そんなことをしたら、プロじゃない。でも現地になじめと言っただろう」

わたしは笑った。「すごい」わたしたちは二〇七に向かった。クロエとペイジの部屋だった二〇八の前を通り過ぎるとき、わたしはそのドアを見た。犯罪現場のテープはもうなかったが、ドアノブの周囲に黒い指紋採取のための粉がついていた。この部屋は、近いうちに借り手がつくことはないだろう。

二〇七のドアからは、二十代の女性が出てきた。彼女はクロエとペイジとは廊下ですれちがうときに挨拶をする程度しか知らなかったと言い、殺人事件のあったときは、彼女も恋人も街にいなかったとのこと。ここでは何も役に立つことはなかった。二〇六の老人は、問題の晩に何も聞いたり見たりしていなかった。六十センチばかり離れたところでもわたしたちの声がろくに聞こえないのだから、それは驚くにはあたらない。

アレックスの車に向かいながら、チャズから聞いてわかったことを考えた。「オートバイの男は、どうやらペイジと会ってることを隠そうとしていなかった。そして彼に彼女にダイヤモンドを買う金があったとは思えない」

アレックスはうなずいた。「それに、ぼくが考えるに、ミスター・パーフェクトはもっと……完璧（パーフェクト）だろう」

「そうね、オートバイの男は彼じゃない」

アレックスは車のキーを開けた。「ジャネットには粉砕されるな。チャズはクロエがデイルと帰宅する前に、誰かが部屋にいたと考えてる。これも使えない」

「ジャネットには絶対やられるわ。時間に関することは、チャズに関わる問題でも最小のものよ。もし彼が充分に信憑性があるとしたら、あの晩誰かがドアをノックしたと証明できればすごくいい——彼が、それが何時だったと言ってもね」

「じゃあ、彼に罰金付き召喚令状を出しますか？」

わたしたちは車に乗りこんだ。「ちょっと、訳のわからない法律用語をよく知ってるわね！　令状など出さないわ」

アレックスは困惑した顔でわたしを見た。「本には、常に罰金付き召喚令状を用意しておくべきだと――」

この本の件で、もうすぐ頭がおかしくなりそうだ。「そうね、アレックス。でもチャズみたいな証人について、陪審はどうすると思う？　たぶん一つや二つの有罪の票を稼ぐだろうし、そうじゃなくても彼は立派な麻薬常用者で、何一つ確かなことはない」

「じゃあ、彼のことは何も利用できない？」

「そうは言わないわ。何かに使えるかもしれない。それも法廷でとはかぎらない」すでに思いついていることがあった。

電話が鳴った。修理工からだった。ベウラがすっかり直った。いや、二十五万キロ以上走っている車として可能な限り、直ったという。

アレックスに警察署まで送ってもらって、彼は事務所に帰らせた。

ダウンタウンのツインタワー刑務所に行ってデイルに……すべてを話さなければならない。重要な話題の一つが、なぜ彼はクロエとの別れ話をわたしに言わなかったのかだ。

訴追側ならば言うだろうか、彼の動機だと。

20

わたしとしては、ツインタワーに朝一番に行きたかった。でもデショウンの審問が午前九時からあって、レイモンド裁判官がそれを延期してくれるはずはなかった。元海兵隊員で、見苦しいほど献身的な警察愛にあふれるレイモンド裁判官は、訴追者にとって夢のような存在だ。そしてわたしにとっては最悪の悪夢だ。そもそも彼は、わたしの大ファンではなかった。それでわたしは三十分早く法廷に行った。彼はわたしに罰金を科すチャンスがあれば飛びつくとわかっていたからだ。

デショウンは九時五分前に現われた。これは彼にしては早くて、まちがいなく母親のタミカ・ジョンソンのおかげだ。タミカは今、傍聴席にいて、デショウンの背中を射貫くように見詰めている。デショウンはこの集まりのために、黒いローファー、濃い色のスラックス、白いシャツにネクタイとめかしこんでいた——これもまた、絶対に、タミカのおかげだ。彼は厳しい視線を意識しているのだろう、数分ごとに彼女のほうを振り返った。デショウンがこれほど恐れる者は、ほかにいない。

まもなく、フォーエバー21（これは単なる名前であって、約束ではないということを、誰も彼女に教えてあげていない）で買った服を着た、不機嫌そうな顔をした訴追者のリタ・スタンプが法廷に入ってきた。警察官のブルース・アンブローズが、そのあとに続いた。彼はいずれ心臓発作を起こすと思われる、首の赤い（レッドネック）（この場合、軽蔑的な表現ではない。実際、彼の首は赤いのだ）太った警察官の一人だ。

彼はデショウンを、シートベルトをしていなかったという違反行為で逮捕し、そのさい彼の車のグローヴボックスのあたりに何か〝おかしな〟ものが見えたと主張した。確認のために調べたところ、拳銃があった。デショウンは、それは自分のものではないと誓っている。

アンブローズは証言台に立ち、リタの案内で彼が警察の報告書に書いたおとぎ話を繰り返した。それからわたしの番になった。

わたしはまず、グローヴボックスの何がそんなに〝おかしい〟と思ったのか、描写してもらうことから始めた。彼は、〝線がきちんと揃っていない〟ように見えたと言った。わたしはそれを具体的に言わせた――どの縁の線が揃っていなかったのか、どれほどずれていたのか。

彼は冷たい目で、わたしをきつく見詰めた。「わたしには、ダッシュボードとグローヴボックスの蓋のあいだに、少なくとも一センチ以上の段差があるように見えました」

「それでもグローヴボックスは閉まっていたんですよね？」

「閉まっていました」

「すばらしい工学技術じゃありませんか？　閉まっているうえに――」

「異議あり！」リタは飛び上がるようにして立った。「弁護人の皮肉は不適切です」

わたしは両手を上げた。「彼の意見を訊いているだけです。つまり、彼はどうやらグローヴボックスには詳しいようで――」

裁判官は威圧的な顔つきでわたしを見た。「ミズ・ブリンクマン、個人的な意見や皮肉は控えなさい、さもないとすぐさまこの審問を終えて、侮辱罪の法的手続きをすることになります」

わたしはお友だちのアンブローズに顔を戻した。「もちろん、それがどれほど〝おかしい〟様子だったかみんなに見せられるように、写真を撮りましたよね」

「いいえ、撮りませんでした」

わたしはその言葉を聞いたうえで間をおいて、それから続けた。「わたしの依頼人と会うのは初めてじゃないですよね？　過去に何度か逮捕していますね」

「逮捕とはちがいます。以前に二回、彼が犯罪を犯したかもしれないと思われる情報を入手したので、尋問するために留置したんです」

だがそのさいの容疑者の描写は、デショウンとは似ても似つかなかった。一件目の容疑者は百六十七センチ、六十八キロだった。二件目の容疑者はもっと傑作だ。身長は百六十五センチで――ヒスパニックだったのだ。デショウンは身長が百八十七センチある。わたしはデショウンに、隣に立つように言った。「裁判官、念のために言いますが、わたしは百六十五センチです」わたしはデショウンを見上げた。裁判官を見ると、理解してもらえたのがわかった。さあ、とどめを刺しにいくときが来た。

わたしはアンブローズがデショウンのグローヴボックスの中で見つけたと主張する銃を手にして、証言台へ持っていった。「警察官、この銃のシリアル・ナンバーを読んでもらえますか」

彼はわたしを一瞬見詰め、それから番号をゆっくりと読み上げた。

「ありがとうございます。さて、あなたがデショウンを逮捕する一ヵ月ほど前に書かれた、警察の報告書をお見せします」

「異議あり！　不適切です！」リタはまた飛び上がった。「別の事件の報告書が、な

 んの関係が――」

裁判官が彼女をさえぎった。「それは、見ればわかるでしょう。却下します」

わたしはアンブローズの前に報告書をおき、ページの下のほうを指さした。「最後の二行を読んでください」彼の唇が動くものと、待ち構えて見ていた。動かなかった。でも彼が読み終えたとき、勢いよく息をのむ音が聞こえた。「この報告書は、別のLAPD職員によって一ヵ月前に作られた、そうですね？」

「はい」

「これによると、あなたがデショウン・ジョンソンを捕まえる一ヵ月前に、別の職員がまさしくその銃をフリオ・オルティスという容疑者から押収し、それを証拠物として記録したとありますね？」

アンブローズはリタに視線を投げ、それから渇いた唇を舐めた。「はい」

わたしはフリオ・オルティスに関する引き続きの報告書を出し、それをアンブローズに見せた。「もし銃がオルティスに返却されたのなら、そのようにこの報告書に書かれているはずですよね？」アンブローズはうなずいた。「でも、それは書かれていませんね？」

アンブローズは長いこと報告書を見ていた。「ありません」

「あなたがデショウン・ジョンソンを捕まえる一ヵ月前に、証拠物として記録された銃が、どうしてデショウンのグローヴボックスにあったのか、説明できますか」

「ええと……誰かが証拠物の中から持ち出したにちがいない」

「その誰かというのは、警察官だったでしょうか？　だって、デショウンやわたしのような人間には、ロッカーから何かを持ち出したりできませんよね？」

「できません」

「どの警察官か、心当たりはありますか？」

アンブローズはまっすぐ前を見ている。「ありません」

「証拠物のロッカーにはビデオカメラがありますから、調べられますね？」

アンブローズは怖いほど顔を赤くして、わたしを睨みつけた。「そうですね」

「その銃は、指紋やDNAの検査をしましたか？」

「していません」

「でも優秀な警察官ならば、ついているかもしれない指紋やDNAを消さないように、注意深く扱いましたよね？」

「わかりません。それについては心配していませんでした。銃は彼のグローヴボックスにあったんです」アンブローズの顔は真っ赤になって、頭のてっぺんから爆発するのではないかと思った。

法廷はしんと静まり返った。

わたしはリタを見て、それから裁判官のほうを向いた。「証拠物ロッカーのビデオテープの調査と、この武器の指紋とＤＮＡの検査の命令を求めます。保安官事務所のような、中立的な機関によってです」わたしは座った。あなたの番よ、リタ。

裁判官は腐った魚をかじったような顔をしていた。訴追者に顔を向けた。「検察官？」

今回、リタは飛び上がらなかった。立ちさえしなかった。「質問はありません」

レイモンド裁判官は命令を出したくなさそうだった。彼が忌々しく思っているのがわかった。でも、ほかに選択肢はない。「命令を出します」彼はリタを睨んだ。「あなたに仕事の仕方を教える立場ではありません。でももしわたしだったら、上の者に、裁判官が調査命令を出すだろうと警告しておいたでしょう。自分たちのところで調査したかったかもしれない」彼はアンブローズの中で睨んだ。「あなたには、すぐに署に戻って、ここでの出来事を分署長に話すように命じます」彼は小槌を叩いた。「休憩に入ります」

リタは、アンブローズを後ろに従えて出ていった。どちらもわたしを見なかった。

研究室であの銃からデショウンの痕跡が何も見つからないと、わたしと同じくらい彼らも承知している。この件はもう終わりだ。

デショウンは法廷を出た瞬間に、歓声を上げて拳を振り上げた。でもわたしはその手をつかんで、現実を伝えた。「デショウン、聞くのよ。アンブローズはあなたをはめるのに、大変な手間をかけた。それだけ、あなたを捕まえたかったの。長いあいだあなたは狙われていて、その思いは十倍にも膨れ上がったわ。犯罪を続けたら、ぜったいに捕まるわよ。次回は、もうわたしはいない」

「わかってる。本当に。今後、永遠に真面目に暮らす」

彼が本気だとわかった。今は、だ。でも明日、あるいはその翌日、リル・Jだかビッグ・ブルーだか、誰だかが現われて、「この一回だけだ、どうしても〔好きなものを入れる〕が必要なんだ」と言ったら、彼はそれに応じるとわかっている。諺（ことわざ）に言うように、それがデショウンの習性なのだ。

21

デイルに会いにいけたのは四時だった。それぞれの区画に七つしか代理人用の〝部屋〟――本当はただの箱――がなくて、わたしが行ったときは全部が埋まっていた。部屋が一つ空くまで、三十分も待たなければならなかった。今日はデイルは少しましになっていた。顔はあまりだれていないし、以前よりも目に生命力が感じられた。わたしの事務所で会った人物に、すっかり戻ったわけではない。たぶんここにいる限り、戻ることはないだろう。でも、少しはよくなっていた。わたしは彼と一緒に喧嘩を始めようとしているのだから、それはいいことだった。

通話機を手にした。「どうも。これまでのところ、よくしてもらってるかしら?」

「たぶん、望める範囲ではそうなんだろう。一日じゅう眠っている大酒飲みの隣に入れられた。すごく屁をする。でも、もっと悪い環境もありうるからな」彼はわたしをまっすぐに見た。「きみはどうだ? 心配してたんだよ。アメリカの恋人を殺した怪物の弁護をするので、かなり注目を浴びているだろう」

今まで、勾留中にわたしの様子を心配してくれる依頼人はいなかった。それも、仮釈放なしの終身刑を宣告されるかもしれないというのにだ。「いくつか……興味深いコメントがウェブサイトやツイッターにあったわ。でも、そんなことはこの仕事にはつきものよ。わたしのことは心配しないで。なんとかできるから」

訪問調査の話をした。

彼はニッキを覚えていた――彼から期待どおりの関心を引けなくて苛立ったのを隠しもしなかった、ニッキのことだ。「でも彼女が言ったことは真実だ。あの近隣を、車で走り回った。窃盗は地元に住む素人で、もう一度やろうとするかもしれないと思った」

「話としては、通るわね」

「真実なんだ。言っただろう、わたしはほかの依頼人とはちがうよ、サマンサ。きみに嘘はつかない」

わたしは彼をじっと見詰めた。「わたしに隠しごとをするのは、まさにその、ほかの依頼人がすることよ。どうして、あの晩クロエと別れ話をしたのを言わなかったの？」

彼は息を吐きだした。「ジャネットだな？」

わたしはうなずいた。「クロエの妹も、そう認めているわ。最後に電話で話したとき、クロエは別れようと思ってると言ったって」

彼は髪の毛をかきあげた。「話すべきだった。すまない。実際以上に大きな意味があると解釈されるのが心配だったんだ。じつは、わたしたちは両方とも、気持ちは終わっていた。彼女はまた麻薬を始めて、わたしは近くで、彼女が人生を無駄にするのを見ていたくなかった」

毒物学報告書が彼の話の裏付けになるので、陪審はこの話を買うだろう。だがほかに誰か、彼女が麻薬常用者だったという主張を裏付けられる人物がいるといい。「彼女がまた薬を使いはじめたのを、ほかに誰か知っていたかしら？」

「きっと、妹は知っていたはずだ。でも、きみには話さないかもしれないな。わたしの経験では、そのようなことになると近親者は口を閉ざしてしまう」彼はわたしを探るように見た。「家族といえば、きみの家族は、この事件を担当するのをどう思っている？」

おかしな質問だ。「ああ、母は喜んではいなかったわ」

彼は、目の前のカウンターから、小さな埃を払った。「父親のほうは？」

さらにおかしなことを。いったいなんなんだろう？「義父は大丈夫だと思う」大丈夫でなければ、セレストが必ず言うはずだ。

彼はわたしを見て、小首を傾げた。「実の父親はどうなんだ？　事情を知っているのか？」

どんどん奇妙な流れになっていく。「いいえ。会ったことがないの。それで、麻薬のディーラーについてだけど――」

「もしできたらどうする？　会えたら、という意味だ。会いたいか？」

どうしたというの……？「わからないわ。子どものころは会いたかったけれど」実際、しょっちゅうそれを空想していた。今でも、昔の感情が蘇ることがある。孤独の痛み、無力で、周りのひとに影響されて、味方が欲しいと願う。強くて厳しい誰かに守られて……仕返しをしてほしい。わたしは苦労して、気持ちを立て直した。「どうしてそんなことを訊くの？」

「父親のことを知ってるんだ」彼は優しい目でわたしを見た。「きみも知ってる」

わたしは彼を見詰めた。「いったい何を……？」

デイルは深く息を吸いこんだ。たっぷり間をおいてから、言った。「わたしなんだ」彼はわたしと目を合わせようとしながら続けた。「わたしが、きみの父親なんだ」

彼の言葉は聞こえたが、意味をなさなかった。逆再生でもしたかのようだった。わたしの頭がなんとか音声を正しく調整したとき、絶対に聞きまちがえたんだと思った。

「なんですって？　何を言っているの？」

彼は静かに言った。「申し訳ない、こんなふうに不意打ちを食らわせるつもりじゃなかった。でも、正しいときなど、ないようだ。きみと会って、そうしたら……何もかもが早く進んだ」

「正しいときがなかったって？」部屋が四十五度傾いたみたいに感じられ、眩量がした。夢を見ているにちがいないと考えて、ゆっくりと頭を振った。これは現実ではありえない。法律用箋の上においた左手で握っているペンを見下ろした。小部屋の中を見回した。監視用の窓には看守が立っていて――わたしを見ている。たしかにこれは、夢ではなかった。頭の中に、また言葉が響いた。〝わたしが、きみの父親なんだ〟そんなことがありうるだろうか？

わたしは息をするのを忘れていた。頭がくらくらして、あえいだ。ようやく彼を見ることができた。しっかりした顎、V字形の生え際、濃い茶色の、黒といってもいいような髪の毛――すべてがわたしと似ていた。セレストの豊かな金髪とは、まったくちがう。そこで、彼が弁護合意書にサインしたときのことを思い出した。彼は左利き

——わたしも同じだ。でもまだ納得できず、口ごもりながら訊いた。「どうしてわかるの？　どうしてそんな……」頭の中にあふれ出した質問を、すべて口にすることはできなかった。

デイルはすまなそうにわたしを見た。「なかなかのみこめないのはわかる。本当に、今その話をしていいか？」

わたしは何も確信が持てなかった。でも、ゆっくりうなずいた。

デイルは少しのあいだ、わたしの顔をうかがっていた。「いいだろう。わたしはきみの母親と、お互い大学生だったころにつきあっていた。しばらく続いたが、彼女のほうから別れると言いだした。一ヵ月後、彼女から電話があって、妊娠していて、中絶するための金が必要だと言われた。わたしは金を渡した。彼女の問題であって、一人で対処できると言われた。その後も世話をすると申し出たが、断わられた。彼女は医師のところに付き添っていく、その後も世話をすると申し出たが、断わられた。大丈夫かどうか気になって一週間後に電話をしたが、出なかった。その後ふたたび、彼女と会うことも、彼女から連絡が来ることもなかった。赤ん坊を生んでいたとは、思いもしなかった」

わたしはかぶりを振った。「いいえ、そうじゃないわ。セレストは一夜かぎりの情事で妊娠した。パーティーに行って、酔っ払って、名前も知らない男性と寝た」

「彼女はそんなふうに話したのか？」デイルは頭を振り、それから口元にちらりと笑みを浮かべた。「セレストか。わたしが知っていたときの名は、シャーレーンだった。だが名前を変えたと聞いても驚かない。その名前は垢抜けないと言って、嫌がっていたよ」

垢抜けない？　たしかにセレストの話をしているようだ。それにしても、まだ理解できなかった。あらためて眩暈に襲われた。また呼吸を止めていた。息を吸いこんだ。少しましになった。頭が動き始めた。「どうして父親はわからないと言ったのかしら？　どうしてわたしに、父親は一晩かぎりの相手だと話したの？」

「たしかではないが、見当はつく。たぶん、もし真実を知ったら、きみはわたしを探し出しただろう。そうしたらわたしが近くに現われることになる——それは彼女がいちばん望まないことだ」デイルは辛そうな表情をして、言い淀んだ。「なあ、サマンサ、彼女のことを悪く言いたくないが——」

わたしはエンジンがかかりはじめた。これはだぼらにちがいない。わたしは激しい口調で言った。「あら、そう？　わたしは悪く言いたいわ。いつもね。それに、どうして母はあなたが近くにいると嫌なの？　わたしたちは貧乏だった。母はお金が必要だった。それに、ただで子守をしてもらえるなら大喜びだったでしょうよ」子どものせいで身動きできないのが、世界でいちばん彼女が嫌うことだった。

彼はため息をついた。「わたしには金がなかった――彼女が望むようなタイプじゃない――彼女は、みすぼらしい負け犬とは関わりたくなかったんだ。小さな娘のいるシングル・マザーがいたとする。その女性に近づくのを厭わない男たちが、たくさんいるだろう。だが子どもと元恋人が常に近くにいるシングル・マザーとなると、話は別だ。彼女は大金持ちの男を探していた、何にもその邪魔をさせたくなかった」

その説明を聞いて、わたしは気持ちが少しおさまって、考えなおした。それこそまさに、彼女の考え方だった。セレストにとっては、とにかく金が問題なのだ。子どものころ、彼女が次々に恋人を替えて、金を探し求めるのを見ていた。「それじゃあ、そもそもどうしてあなたとつきあったりしたの？」

「わたしは実際より、よく見えたんだ。わたしはUCLA、彼女はカリフォルニア州立大学ノースリッジ校に行っていた。わたしは身分不相応にいい車に乗っていた――いくらか金を持っていたいとこから受け継いだアウディだ。彼女と会ったとき、わたしは働く必要がなかった。だが父が仕事を首になり、自分で働かなくてはならなくなったとき、シャー――セレスト――は、わたしも自分と同じように貧乏だと気づいた。ほんの五分で、彼女はわたしたちが互いにとって〝適切な相手〟じゃないと判断した」彼はかぶりを振った。「それに、実際そのとおりだったんだ。わたしたちは合わなかった。それを認めるのに、どうしてあんなに時間がかかったのかわからない。彼女は特別だと、自分を騙していたんだな。いつか目を覚まして、愛のほうが大切だと気づくだろうとね」

彼が彼女について言う事柄の、すべてに納得できた。たしかに母だ。セレストだ。それでもまだ、信じられなかった。真実ではありえない。何かの奇妙な偶然だ。そうにちがいない。それを証明する、簡単な方法がある。「親子鑑定の検査を受ける?」

「もちろんだ。疑うのを責めはしない。診療所で検体を採取して……きみの好きなところへ送れ。個人経営の研究所なら、一日か二日で結果が来る」

彼がすぐに検査を受けるのを承諾したのは、驚きだった。彼はまちがっているかもしれない――きっとまちがっている――でも、嘘はついていなかった。「どうして……いつ……このことを知ったの?」

「殺人で起訴されるかもしれないとわかったときだ。弁護士のリストを作って、そこにある全員を調べた――すべての略歴をね」彼はわたしが眉を上げるのを見て、うなずいた。「わかってる。わたしはちょっと、強迫性障害の気がある。それで、何もかも知っておくようにしてるんだ。きみの生年月日を見て、母親がシャーレーン・ブリンクマンだと知って、信じられない思いだった。でもタイミングはぴったりだったし、彼女がほかの誰ともつきあっていなかったのも知っていた」

わたしは疑わしい目で彼を見た。「どうして言い切れるの？」

デイルは肩をすくめた。「彼女が別れを言いだすまで、わたしたちは常に一緒にいた。その後、まだ彼女を見かけていたとき、共通の友だちから噂を聞いた。彼女は誰ともつきあっていなかった」彼はため息をついた。「きみにとって、難しいことなのはわかる。なかなか納得できないだろう。本当のことを言うと、わたしも最初は信じなかった」デイルは間をあけ、頭を振った。「とんでもないことだ。もう一人、娘がいたというだけでなく……」彼の声が消え、彼はわたしの髪や目、顔全体を見詰めた。「でも直接会ったとき、本当のことだとわかった」デイルは眉をひそめた。「いずれにしても、いま言ったように、喜んで検査を――」

わたしは彼を遮った。「だからわたしを雇ったの？」

デイルははっと身を引いた。「ええ？　ちがう！　むしろ、やめようと思った。ほかに五人の弁護士に会った。きみと会う前、まだ最後の一人に頼もうと思っていたんだが――」

「メシンガーのこと？」

「そうだ。でも彼のことはあまり感心できなかった。それに、これはわたしの人生に関わる問題だ。最高の弁護士を望んだ」彼はプライドと寂しさの入り混じった目でわたしを見た。「きみが、それだった」彼は視線を下げ、前のカウンターの一点をこすった。「何もかも、残念だ。特に、こんなふうに会わなければならなかったことが」彼はかすかに笑みを浮かべて顔を上げた。「きみには感心した。これほど賢くて美しい、大人の娘が自分にいたなんて、信じられない」彼は目を潤ませた。慌てて瞬きをして、咳払いをした。「わたしは何もしていないがね」

その瞬間、母が電話で、この事件を引き受けることに奇妙なほど反対していたのを思い出した。今、ようやくわかった。デイルから聞かなくても、マスコミがしつこく調べれば関係が露呈すると、彼女はわかっていたのだ。そうしたらみんなに、自分がかつてつきあっていた——子どもまでもうけた——相手が殺人犯だと知られてしまう。彼女の考えでは、そんな恥辱は耐えられない。

デイルがまた話し始めた。「サマンサ、もし弁護を辞めたいというなら、それは理解できる。これでいいと思ったのが、おかしかったのかもしれない。恐ろしい悪夢のさなか、一筋の光に見えたんだ」彼はかぶりを振った。「一週間のうちに警察官から殺人事件の容疑者になって——混乱してた」彼はまたカウンターに視線を落とした。

「きみには何も言わないでおこうかとも考えたが、きみが夕方のニュースで知るようなことになる危険は冒せなかった」彼は顔を上げて、わたしを見た。「きみが許してくれるのを願うばかりだよ」

わたしは言葉が見つからなかった。はっきり考えられなかった。感情が複雑にもつれて、表現すらできなかった。声を出したとき、唇に力が入らなかった。「わたし――これについて、少し考えるわ。今は……どうするべきか、わからない」デイルの事件はできるだけ早く公判に進めなければならない。それは裁判上の戦略だけではない。最大限の警備であろうとなかろうと、ここでは彼の命は危険にさらされている。

「考えて結論を出すわ。今夜ね。明日、知らせる」

わたしは通話機をおき、看守に、出してくれと合図した。

22

どうやって拘置所を出て駐車場を横切ったのか、まったく記憶がないまま車の中にいた。車を運転して道路に出るのは危険だったかもしれないが、往来は車が数珠つなぎにつながっていて、時速五キロで動く状態だったので、深刻なトラブルに巻きこまれようがなかった。

ほとんど意識しないままじりじり車を進めながら、頭の中では、いま聞いたばかりの超現実的な事柄を考えていた。子どものころ、自分の父親が誰か、空想を巡らせたのを思い出した。とくに、暗黒の時代にだ。父親は武道家かネイヴィー・シールズか、あるいはグリーン・ベレーで、わたしを助けにきてくれて、二度と誰にもわたしを傷つけさせない。ハンドルにかけた手首が白くなった。意識して深い呼吸をした。吸って。吐いて。忘れよう。

そこで別のことを思いついた。二人の罪のない若い女性を殺した男の弁護人になるのは、それだけで大変なことだ。だがその娘だというのは、また別の問題だ。忌まわしい犯罪現場の写真が、頭の中に蘇った。ジャネットの言葉が戻ってきた――彼の一触即発の癇癪、クロエとの喧嘩をどんなふうに描写したか。さっきプライドと……優しさをもってわたしを見詰めた男と、それを一致させようとした。だが彼は、二件の暴力的な殺人で起訴されている。そしてどうやら、彼がやったらしい。

頭がくらくらした――遊園地の回転マシンから下りたばかりのようだった。頭の中に、さまざまな推測が浮かんでは消えた。家に帰るのに一時間半かかったが、そちらに気を取られて気づかなかった。自宅に戻ったときは七時を過ぎていて、そこで初めて、ミシェルに連絡をするはずだったのを思い出した。ミシェルからのメッセージが残っていて、インタビューの申し込みがいくつかあり、記者たちがわたしの身辺調査をしているとのことだった。

パニックに陥ると同時に、皮肉な成り行きに驚いた。今やわたしは、〝身辺調査〟をまったく新しい観点から心配しなければならなくなった。

マスコミはまだデイルとわたしの関係を掘り起こしていないが、たったの二日しか経っていない。注意深く掘り続ければ、やがて見つかるだろう。ミシェルに電話をして、何があったか話し、どうすべきか決めるべきだとわかっていた。でもすべてを言葉にすると思うと、とてもできそうになかった。

熱い湯をためて、ピノノワールをすすり、浴槽に丸くなった。そのまま眠ってしまったにちがいない、電話が鳴ったとき、自分がどこにいるかわからず、右腕に力が入らなかった。なんとか浴槽から出るころには、電話はヴォイスメールにつながった。体を拭き、スウェット・スーツを着ながら、メッセージを聞いた。ミシェルだった。発信元の電話番号を見た。彼女は事務所からかけていて、時間は八時半だった。こんなふうに引きこもっていてはいけない。彼女に電話をしなければ。

わたしは深呼吸を一つして、なるべく普通の声を出すようにした。「どうも。連絡しなくてごめんなさい。とんでもない一日で、へとへとだったの」

一瞬、間があった。「様子がおかしいわね。デイルとはうまくいったの？」

ワインのせいでもあった。だがそれより、正しいときに正しいひとから正しい気遣いをされたからだった。わたしは泣き始めた。「わたし――何から始めたらいいのか、わからない」

「すぐに行くわ。夕食はとったの？」

そんなこと、すっかり忘れていた。「まあね」

彼女は電話を切った。

何かをしようと思っても、気持ちを集中できなかった。頭の中ではデイルのすまなそうな顔と、犯罪現場の写真が交互に入れ替わり、そのあいだにジャネットの話と自分が会ってきたばかりの男性が挿入された。殺人犯——わたしの父親。その言葉を口に出してみた。わたしの父親。喉が詰まって、なかなか声を出せなかった。

疲れ果てて、寝椅子に横になった。その場で考えられる気晴らしは、すべてした。テレビをつけて、〈フレンズ〉の再放送を見た。三十分後にミシェルが現われた。彼女はわたしを抱きしめ、長いあいだそのままでいてくれた。わたしは胸のぜんまいが緩み始めるのを感じ、拘置所を出て以来初めて、まともに呼吸をした。

彼女は一歩下がって、わたしの肩を支えた。「話ができる?」わたしは頭を振った。

「いいわ、じゃあ、何か食べなさい」

ミシェルはボリュームのあるローストビーフ・サンドイッチとコールスローを二人分買ってきていた。おいしそうだったが、わたしは食欲がなかった。コールスローをつまみながら、ミシェルが、マスコミからの電話や事務所の業務について喋るのを聞いていたが、実際はほとんど何も聞いていなかった。

ミシェルは自分のサンドイッチを半分食べ終え、わたしと自分のグラスにそれぞれワインを注いだ。「飲みなさい。今すぐよ」わたしはぐっとワインを飲みこんだ。「これで、話せるようになった？」

わたしはため息をついて、両目をこすった。「ああ、ミッチー。とんでもないことなのよ」わたしは全部を話した。自分が声に出して話すのを聞いているだけで、頭がくらくらした。「それで今、わたしはどうしたらいいのかわからない。もしこの話が事実なら、事件から手を引かなければならない。とてもできるとは思えない。だって、まったく。あのひと、わたしの父親なんですってよ」生まれて初めて、この単語が抽象的概念以上のものになった。実際の人物につながった。

ミシェルの目はどんどん大きくなっていき、話が終わるころには、口が開きっぱなしになった。彼女はしばらく黙っていて、すべてを理解しようとした。それから眉をひそめた。「それでも彼の代理人になれるの？　つまり、利害の衝突だか何かにはならないの？」

「ならないわ。彼が望むなら、わたしが事件を担当できない法的理由はない」

自分の言葉が、他人が喋っているように聞こえた。自分の身に起きていることが、まだ信じられなかった。目の覚めることのない、奇妙な夢のようだった。「だけどわたしは、とうとう父親に会えたとずっと考えている——そしてその人物はたぶん心を病んだ病質の殺人犯なんだって」わたしは両手で頭を抱えた。「セレストがいい親だってことになるなんて、誰が予想できた?」

ミシェルは一瞬、はっと背筋を伸ばした。それから小さく笑った。片手を口にかぶせたが、また笑った——それからまた、遠慮がちな笑いが、本格的な腹を抱えるような笑いになった。あえぎながら、彼女は言った。「セレストが……いい……親だなんて」

そのとき初めて、わたしも自分の言ったことに気づいた。わたしは笑い始め、涙が頬を流れ落ち、呼吸ができなくなるまで、笑い続けた。

二人とも落ち着いてから、ミシェルは長いあいだグラスを見下ろしていた。「いいわ、これからどうするか話し合いましょう。ここに来たときに言ったことを覚えているかしら、マスコミは必死になってあなたのことを追っている。あなたが何をしようと、誰かがこの件を嗅ぎつけるわよ。もし事件から手を引くことで騒ぎを避けられると思っているなら、そんな幻想は捨てることね」

彼女の言うとおりだった。「だけど今すぐわたしが撤退すれば、それだけ早く話は消えるでしょう」

「それはそうね。ワインを飲みなさい」

「あなたが来る前に、ちょっと飲んだのよ」

「それでも飲みなさい。あなたは素面すぎる」わたしは微笑んで、一口飲んだ。「もしあなたが事件から手を引いたら、そのこと自体が話題になる。マスコミは理由を知ろうとして、事実を掘り起こして、彼が何者なのか突き止める。それって、どう?」

「まるで彼の娘が、彼のことを有罪だと思っているみたい」

「そう。あなたが事件から手を引いたら、彼は困ったことになるでしょうね。もし本当に彼はがやってなくて、それでも有罪となったら、あなたは自分を許せる?」

このことについて考えてみた。たぶん許せない。たとえ彼がやっていたとしてもだ。

「じゃあ、留まるべきなのかしら」でも、もし以前に、この事件が緊張を強いられるものだと考えていたとしたら……今ではそれを考えるだけで胃が痛くなった。どんな事件を扱っても必ず苦悩するものだが、自分自身の父親を弁護するという重圧は、並大抵のものではない。些細な事柄を見落とすたび、まちがいをするたび――それがどれほど小さなものでも――裁判のあいだじゅう、毎晩わたしは眠れないだろう。

そしてもし負けたら、それが一生続くことになる。

23

翌朝起きたとき、わたしは親子関係の鑑定検査のことを考えた。デイルは喜んで受けると言ったが、それには金がかかる。親子関係が真実かどうかを確かめる、もっと安くて手早い方法があった。

わたしは母に電話をした。「どうしてデイルがわたしの父親だって、言ってくれなかったの？」

長い間があった。「彼が話したのね」

これで決まった。すでに真実だと認めたようなものだった。なにがしか残っていた疑いが、これですっかり消えた。デイルは本当にわたしの父親なのだ。「ええ、彼から聞いたわ。どうしてあなたから聞かなかったのかしら？」

「あなたに事件から離れてほしかったのよ。少なくとも、あなたに話さないくらいの礼儀が、彼にはあると思ったの」

「礼儀？　どうして彼が話さないわけがあるの？　いずれどこかの記者が見つけ出すわよ。マスコミに不意打ちを食らう前に、彼から聞けてありがたかったわ。そういうことが、あなたはぜんぜん思い浮かばなかったんでしょう？」

また長い間。「あなたのことを守りたかったのよ」

「何からよ？　いずれにしても、真実は露呈するものよ。あなたはわたしを守ったんじゃない。あなた自身を――あなたの世間体を守ろうとしたの。いつものことね」

「まあ、それがわかったんだから、事件からは離れるんでしょうね？」

「いいえ、けっして――」

「彼は殺人犯なのよ！」

「それはわからない。それから、どうして彼との関係について、嘘をついたの？　彼は一夜限りの相手ではなかった。何ヵ月もつきあっていたんでしょう」

「あなたのために一番いいことをしたのよ！」

「セバスチャンと一緒に住むことにしたときみたいに？」

セバスチャン。母がジャックと結婚する前の、何人もの恋人の一人だ。

彼女はため息をついた。「あらまあ、またそのことを持ち出そうっていうの？」

「そうよ。わたしのために何かしたことがあるようなふりを、やめないかぎりね！

ところで、どうして中絶しなかったの？」

「したくなかったからよ。わたしは彼に、放っておいてくれと言っただけ」

それ以上追わないほうがいいとわかっていた。本当の答えはすでにわかっていたが、なぜか、母に認めさせる必要があった。「もう中絶できない時期になってたんじゃないの？」

数秒ほど、苦しいほどの静寂があった。答えたとき、彼女の声は弱々しかった。

「いいえ」

彼女はいつもはもっと上手に嘘をつく。わたしの質問に不意をつかれたのだろう。わたしは突然、この会話全体に疲れ果ててしまった。いや。それ以上だ。なにもかもにうんざりだった。単純にそこにおらず、今後いることもない誰かを、常に探していることに。「もう切るわ」わたしは電話を切った。

デイルが父親だと聞いたときに感じた奇妙な眩暈に、また襲われた。わたしはかがみこんで、額を両膝につけた。それが鎮まると、座りなおして、オーヴンの上の時計を見た。事務所に行かなければならない。でもなぜか、何もかもがちがって感じられた。足元の床を感じることができず、部屋を見回しても、何一つ以前と同じとは思えなかった――両手、キッチン・テーブル、電話。わたしに何が起きているのだろう？

また電話を見た。そこでわかった。わたしの中で、何かが弾けて解放されたのだ——わたしの母親がどんな人間であるかを知った。これまで常にそこにあったが、あえて封じこめて、それが真実であると、それが意味することを認めようとしなかった。でも今、それをすべて認め、知らないとは言えない状況になった。母は自己中心的な女性で、わたしを望まず、愛することは愚か、好きだとも思っていない。わたしが何をしようと、何度彼女のパーティーに参加し、いくつ裁判に勝ち、どれほど成功しても、彼女には意味がない。それは変わることはない。その現実を認めたら、一つの疑問がゆっくりと浮き上がってきた。だったらなぜ姿を現わすのか？　なぜ彼女の電話を取り、わたしの行動や服装、発言に対する彼女の批判に耳を傾けて——いつの日か愛情あふれる母親が現われると、自分を騙し続けるのか？

答えは避けようがなかった。そこに意味はない。セレストとの接触からは、何一ついいことは生じない。電話で話すことさえ、割れたガラスが散らばっている野原を這いまわるようなものだった。だったら、どうしてやめないのか？　その単純な答えが閃いた途端、わたしは息ができなくなった。わたしは大人だ。石壁に頭をぶつけるのをやめたっていい。母をお払い箱にしていい。ママに愛されず、過去に愛されたこともないと認めるのは辛いが、それはとうの昔に承知していた。それを修復しようと努力する必要はない、それが変化すると望みながら姿を見せる必要はないと気づいたら、自由になった。気持ちが軽くなった。首に巻かれた、惨めな重しにつながれていた縄を切った。生まれてこのかたずっと引きずってきた重しを。

わたしは立ち上がって、室内を見回した――壁にはミッキー・マウスの劇画のカレンダー、冷蔵庫には青と赤の頭蓋骨のマグネット、キッチン・カウンターの上にぶら下がっている黄色い鍋つかみ……何もかもが――さまざまな色、さまざまな形――より鮮烈で、明るく見えた。本当はそんなに簡単なことではない、すぐに奇妙な高揚感はなくなるとわかっていた。でも今は、この明るい希望の光を楽しもうと思った。

事務所に行くべき時間だったが、まだ誰かと会う気持ちにはなれなかった。一人でいて、自分の気持ちを確認する必要があった。それでわたしは思い切った行動に出た。ランニング・シューズを履いて、走りに出たのだ。しょっちゅうすることではない。わたしにとって、それは薬のようなものだった。必要に迫られないと走らない。でも効き目があった。走ったあとに熱いシャワーを浴びたら、世間と向き合う心構えができた。事務所に行った。

アレックスに爆弾を落としたとき、彼は一瞬言葉を失った。目を大きく見開いて、やがて言った。「父親だって？　冗談だろう？」わたしは、冗談などではないと言った。「大丈夫なのか？」大丈夫だと言った——まあまあ、だ。「どうするつもりなんだ？」

「事件の担当は続ける。でも、うまく対処していく必要があるわね。わたしが思うに、この事件は注目されているから、遅かれ早かれ誰かが嗅ぎつけるでしょう。だからその先を越して、自分から発表するべきだと思うの」

「そうかもしれないな」アレックスは言った。「どんなふうにしたい？」

どんなふうにしたくないかなら、わかっていた。「〈ヴァニティーフェア〉に載るような、〝サマンサ・ブリンクマン、そのハチャメチャな人生〟という六部構成の記事にはしたくない——」

「〈ヴァニティーフェア〉に載るもんですか」ミシェルが言った。「せいぜいお買得情報誌ってところでしょう——」

「なんでもいいわ」わたしはミシェルを睨みつけた——でも、彼女と同意見だった。「重要なのは、簡潔ならば簡潔なほどいいってこと。だからテレビのニュース番組はどうかしら、十秒にぎゅっと押しこめられる」

ミシェルはうなずいた。「そして味方を作る。うまい手だわ。どのレポーターが好き？」

「イーディにあげようと思うの。十一時半に裁判所の前で会いましょうって、彼女に伝えて」

ミシェルはコンピュータの画面で、マスコミ関係者の連絡先をスクロールした。「ダウンタウンに行くの？」

わたしはうなずいた。「デイルに、弁護を続けると言わなくちゃ」

外に出ようとしたが、ミシェルが片手を上げた。「これが放送される前に、リザに電話するべきなんじゃない？」

わたしはドアノブに手をかけたまま、一瞬考えた。「リザに？　どうして？」そこで気づいた。リザはわたしの異母姉妹だ。今や、わたしには妹がいる。子どものころ、兄弟や姉妹が欲しいと思っていた。友だちが幼い兄弟や年長の姉妹について愚痴をこぼすのを聞いて、羨ましいし、寂しかったのを思い出した。これは、それと同じではない。リザとは一緒に暮らしたことがないし、今後もしない。でもそういう間柄であり、わたしはそれが気に入った。「そうね。デイルと話したあと、車の中で彼女に電話するわ」

これからデイルと会うと思うと、居心地が悪かった。問題は、そんな気持ちでいる暇はないということだった。意識を集中しなければならない。わたしは彼の弁護人で、彼の弁護に全力を尽くす必要がある。リザに会ったことは彼に話していなかった。今は話さないことにした。暴露するのは、一度に一つでいい。

ベウラに乗って、ジャズのかかる局に合わせた。ウェイン・ショーターの〈ナイト・ドリーマー〉がかかった。酷使されているわたしの神経に、最高の慰めだった。道はさほど混んでいなかった。十時にはダウンタウンに着いた。この面会は、短くて単刀直入なものにすると決めていた。

それでも、ツインタワーに入るとき、わたしは思ったよりも心が乱れていた。連れてこられたデイルは、青白くて陰鬱な顔をしていた。わたしたちは、通話機を手にした。

彼はわたしの顔をうかがった。「弁護を続けてくれるのか？」

「ええ」彼は目を閉じて、息を吐きだした。わたしは、自分から親子であると発表することを話した。「ここの中で、あなたにどんな意味があるかわからないけど、心の準備をしておいて」

「ありがとう、サマンサ。お母さんには話したのか？」わたしはうなずいた。彼は一瞬、目を閉じた。「大変だったにちがいないな。申し訳ない……すべてのことに。いや、すべてではないか」彼は温かい目でわたしを見た。「でも、きみにとってどんな

「いいえ。彼女にとっては、〝わたし〟と〝申し訳ない〟は、同じ文章の中に現われない。だから、あなたに感謝するわ。だけど、今は仕事をしなくちゃならない。予備審問は来週よ。今日は、クロエの番組の関係者たちに会いにいくつもりよ。特別に探すべき名前があるかしら？」

「本当か？」

「おかしいわね、セレストも同じことを言ったわ」

ものか、想像もつかない」

デイルは心配そうにわたしを見ていた。でもわたしが仕事のモードに戻って名前をたずねると、彼もそれに調子を合わせた。「彼女と何か問題のあった相手の名前ということなら、ないな。でもディーラーを探すとなると……」彼はかぶりを振った。

「それもない。撮影隊の一人だと思う。出演者が、そんなリスクを犯すとは思えない」

「わざわざしないでしょうね。もう充分お金があるから、本職とは別の商売をする必要はない。今日、ケイトリンにも会うかもしれない。何か助言は？　していいことや、悪いことは？」

デイルはため息をついて、かぶりを振った。「彼女とは数回しか会ったことがないが、感じはよかった。クロエよりずっと柔らかい印象だった。でも、話ができれば幸運だろうな」

「そうね。なんとかするわ」

わたしは、明日また来ると彼に言って、裁判所に向かった。その途中で、リザに電話して、彼女に姉がいることを伝えた。自分がそう話すのを聞きながら、とても現実とは思えなかった。リザはそれを理解するのに数秒を要した。でもすぐに立ち直り、その事実を気に入ったようだった。「すてき！　ねえ、法廷にあなたを見にいこうかしら」それがスタートの場所としていいかどうかわからなかったが、とりあえず、それはすごいと答えておいた。

24

裁判所に着いたとき、イーディはすでに、カメラマンと一緒にその前にいた。

「サマンサ、うちで発表してもらえるの、ありがとう。すごくわくわくしているわ。ミシェルは絶対に、なんの話か教えてくれなかったのよ」

わたしは微笑んだ。「いい?」彼女はうなずいた。「デイル・ピアソンは、わたしの実の父親なの」

彼女はあんぐりと口を開いた「なんですって?」わたしはうなずいた。イーディはすぐさまカメラマンに顔を向けた。「映して。行くわよ!」彼女はわたしに発表をさせ、それから訊ねた。「じゃあ、弁護を引き受けたとき、知っていたんですか?お母さんが話していたはずですよね」

世間はそのように考えるだろうと、わたしも思っていた。罪を犯した、生き別れになっていた父親を憐れんで、弁護を引き受けたのだろうと。あるいは、デイルはわたしが自分の娘だと知っていたから、わたしを雇ったのだろうと。そこで、わたしは話を準備していた。「じつは、知らなかったんです。母はこの手のニュースをあまり追いかけていませんし、デイルが大学時代に短いあいだつきあっていた人物だとは思いもしませんでした。そしてデイルとわたしは、わたしが彼の代理人になって身辺調査をするまで、そのことに気づきませんでした」イーディは母とデイルについて、二人のなれそめやどれくらいの期間つきあっていたのかなどを訊いた。「デイルは、どこかに娘がいるかもしれないとは、思わなかったのかしら？」

わたしの思惑どおりの質問が来た。デイルはわたしのことを知らなかった点を、明確にしておく必要があった。妊娠した恋人とその子どもを放ったらかしにした愚か者だと、思われないように。「デイルはわたしのことを、まったく知りませんでした。母が妊娠を知ったとき、もう彼と別れていたんです」わたしは喉が詰まるのをこらえてつけたした。「母は、作る予定ではなかった赤ん坊の世話を彼に押しつけるのは妥当ではないと考えました」

まったくのでたらめだったが、わたしの話に調子を合わせてもらえるように、セレストが立派に聞こえるようにしなければならなかった。インタビューが終わったとき、イーディは目を輝かせてわたしに礼を言った。「ありがとう、サマンサ。一つ、借りがおできたわね。これは大ニュースになる。あなたのために、一つ警告しておくわ。もし来週ずっとインタビューを受け続けるのが嫌だったら、なりを潜めておくことね」

「そのつもりよ」その助言は、わたしのためだけではないと、お互いに承知していた。イーディに話したことは、ほかの誰にも話さないつもりだった。彼女の独占ニュースにするのだ。これで、誰もが彼女から情報を得た形になり、彼女の映像を使うことになる。「事件についても、ニュースがあるのよ」

彼女はカメラマンに顔を向けた。「まだ回してる？」彼は、回していると言った。彼女はわたしに顔を戻し、マイクをまた上げた。「事件について、何か新しい進展がありましたか？」

チャズを利用するときが来た。「あの晩、クロエとペイジのアパートメントに、ほかの誰かが来たという証言があります」

イーディは目を見開いた。「その人物とは誰か、お話ししてもらえますか？」

「まだです。でも、近いうちにお話しします」

「きっと、同じ建物に住んでいるひとにちがいありませんね。誰なのかしら？」

「ごめんなさい、その情報は、まだ漏らすわけにいきません。でも、きっと話します。遠からずね」

「ありがとう！」彼女はカメラのほうを向いた。「たった今テレビをつけたあなたのために、こちら、殺人の罪で起訴されているデイル・ピアソンを弁護する代理人のサマンサ・ブリンクマンが、驚くべき事実を発表しました」

イーディはその後数秒かけて中継を終え、それからわたしの手をつかんだ。「今日は本当にありがとう。お父さんが見つかってよかったわね。すばらしいことね！」

「ありがとう」わたしはその場を離れようとした。

「オフレコで教えて、新しい証人って、誰なの？　絶対に言わないから」

「ごめんなさい、でも言えないの。まだね」

「いいわ、発表するときは、わたしに最初に教えると約束してちょうだい」

約束はしたくなかったので、わたしはただ微笑んで、小走りでそこから離れた。景品になるような情報は限られた数しかないし、なるべく複数のレポーターを味方につけたかった。そのうえ、新しい秘密の証人は麻薬常用者で、すべては妄想かもしれないと、ばらされたくなかった。

バーバンクのワーナー・ブラザーズのスタジオの駐車場でアレックスと待ち合わせをしていた。クロエのドラマの関係者の誰かから、彼女の麻薬ディーラーについての手掛かりを得られないだろうかと考えていた。だがそんな幸運はなかった。誰も知らないのか、わたしに話すつもりがないだけか。いずれにしても、これに関する質問はすべて無駄だった。

たった一つ、誰もが知っている事実は、デイルがわたしの父親だということのようだった。イーディの中継はすでに〝ニュース速報！〟として放映され、あっというまに広まっていた。わたしが話しかけると、必ず相手はわたしを見世物のように見詰めて、殺人事件の容疑者を父親に持つのはどんなものか、そして〝彼がやったと思うかどうか〟〝訊かざるをえない〟らしかった。まもなくわたしは気分が悪くなり、うんざりし、三人目のインタビューで、強い口調で言った。「ええ、彼がやったのよ。そういう家系なのかもしれないわね」そう言われた相手は、目を丸くした。「いいえ、彼がやったとは思っていない」アレックスは、今後はただ〝ノー・コメント〟と言うだけにして、しばらくのあいだマスコミからの電話の対応をミシェルに任せたほうがいいと提案した。

それでも、クロエは若い作家の一人、ジェフリー・ブロックリンとデートしていたらしいとわかった。どれほど真剣な仲だったかわからないが、撮影所で長い時間一緒にいるのを目撃されていた。この男性がクロエに薬を売っていたディーラーについて何か知っているかもしれなかったが、彼はあたりにいなかった。脚本を書くので、現場に来ていなかった。ふたたび現われたときに追いかける必要があった。

窃盗が入ったさいに盗まれた宝飾品の写真を見せた。誰も、クロエがそんなに高価なものを身に着けているのを見ていなかった。アレックスとミシェルは、見つかる範囲のクロエの写真をすべて調べた――マスコミ関係のパーティーや有名人の集まるパーティー、打ち上げパーティー。こうした機会に、彼女は宝飾品をつけていなかった。

アレックスはかぶりを振った。「わからないな。使わないんだったら、どうしてあんな宝飾品を持っていたのかな?」

わたしはそのことを、しばらく前から考えていた。「あの宝飾品は、クロエのものじゃなかったような気がする」

「じゃあ、どうして彼女のものだと報告したんだ?」

「持ち主をかばうためよ。たとえばルームメイトのペイジ。ペイジは、それが秘密の贈り物だったから、報告したくなかったとか」

わたしたちはアレックスの車に着いた。彼は足を止めて、屋根越しにわたしを見た。

「ミスター・パーフェクトかな?」

わたしはうなずいた。「そうだと思う。もしそうだったら、その人物が既婚者だったという、さらなる証拠になる」既婚の恋人によって、可能性のあるあらゆる種類の身代わりが視野に入ってきた。その男自身、妻、そして成人した子どもたち。そのうちの誰かが、〝家庭を壊す人間〟に対してぶち切れたのかもしれない。わたしは彼に言った。「ペイジに進みましょう。ミスター・パーフェクトが誰なのか、突き止めたいわ」

アレックスは駐車場を出ようとした。「クロエの妹には会わないの？　たぶん、クロエが日常的に薬を使っていたかどうか知ってるんじゃないか」

「でも、わたしたちとは話さないでしょう。遺族がわたしたちと喜んで会うことはないのよ、アレックス。特に、被害者に不利な情報を探している場合はね」

「警察がまちがった人間を捕まえたかもしれないのに？」

「そうは考えない。わたしたちは依頼人を無罪にしようとしてるだけだと考えるのね。実際そうだしね」それが理由で、わたしは被害者の家族とほとんど話さなかった。そうしても意味がない。「それに、望みの薄いことに浪費する時間はないの。予備審問は来週よ。みんなが訴追側の言い分を疑い始めるような何かを見つけなければならない」

「じゃあ、どこに行くんだい？」

「ビバリーヒルズよ」アレックスはペイジのソーシャルメディアを調べたが、彼女は熱心な投稿者ではなかった。この一年で見つかったのは、クロエとその妹ケイトリンと一緒にナパ・ヴァリーに旅行したさいの写真、〈マジェスティ〉のウェイトレス仲間とのグループ写真、それにモデル仲間との写真が二枚あっただけだった。私生活や知り合いに関する、個人的な投稿はなかった。ペイジは賢明にも、それを隠していた。多くの者が苦労して学ぶのだが、世の中にはそうした情報を悪用する悪党たちがたくさんいる。

でもそのせいで、わたしたちには調査の糸口がほとんどなかった。モデル仲間、〈マジェスティ〉のウェイターたち、母親。最後の母親は、もし母親のほうで望んだとしても、役に立つとは思わなかった。ペイジが、既婚男性との関係を母親に打ち明けていたとは思えない。だから基本的に残るのは、彼女の仕事仲間ということになる。わたしはミシェルに電話して、〈マジェスティ〉の接客スタッフの話を聞く許可を取るように頼んだ。十分後に、彼女から電話があった「マネジャーは変わったやつよ。でもなんとか数分――引用するとね――〝誰か、あなたと話す気があるかどうかみてみる〟時間を取ってやってもいいですって。それから、あなたとデイルの話で、大騒ぎよ。これを聞いて」ひっきりなしに電話の鳴る音が聞こえた。「一日じゅうこの調子よ。ところで、あなた誰かに、親戚全員が殺人罪の容疑者だって言ったの？」

「しまった。そうね。つい、かっとなって。冗談だって言っておいて」レストランの住所とマネジャーの名前を教わり、ミシェルに、店を追い出されたあとで事務所に行くと言った。

25

〈マジェスティ〉は、ミニマリスト風のしゃれた内装の、高級レストランだった。とても抑制された装飾だ――オリジナルの抽象絵画が飾られ、彫刻のような照明が巧みに配置されている。キッチンでは、すでにシェフとスーシェフが働いていて、店内に美味しそうなにおいが漂っていた。

マネジャーのバーナード・ショアは、古い映画に出てくるイギリスの執事を思わせた。銀髪を後ろになでつけ、尖った鼻をし、口をきつく閉じている。わたしたちのことを戸口で見たとき、済ました顔で鼻をふふんと鳴らしてみせた。バーナードはわたしたちを裏口から入らせて、化粧室にいちばん近いテーブルを指さした。「あそこを使ってください」

わたしはほかの、空いているテーブルを見た。意味は理解できた。「あなたから始めようかしら?」

バーナードはどうしてだと訊きたそうな顔をした。それでも、退屈そうな声で言った。「いいですよ」

わたしたちはまだ立っていた。バーナードは質問を待たなかった。「ペイジはきれいな子で、働き者でした。何もトラブルを起こさなかった。それだけです」

わたしはノートを取り出した。「それでは、彼女が何者か、何も知らずに雇ったんですか？　以前にどこで働いていたんでしょう？　履歴書などはあったかしら？」

二十代の男性が三人と、同じぐらいの年齢の女性が一人、エプロンを持って裏口から入ってきた。接客係が集まり始めた。

バーナードはわたしを睨み、わざと視線をわたしの肩の上に向けた。「カリフォルニア州立大学ノースリッジ校で文学士号を取っていたのは知っています。以前、サンセット大通りの〈チャオ〉で働いていた」

「誰と仲がよかったか、ご存じですか？　デートしていたかもしれない相手とか？」

「見当もつかない。知りたいとも思いませんしね」

アレックスはバーナードを見詰め、身を乗り出し、この男と目を合わせようとした。うまくいかなかった。また別の若い男性が二人と若い女性が二人、エプロンを持って、笑いながら入ってきた。

わたしは再度試みた。「ここの店員の誰かと、特別に仲がよかったりはしませんでしたか?」

バーナードは苛立ってため息をつき、とてもきついマウスウォッシュのにおいのする息がわたしの顔にかかった。「ぜんぜん気づきませんでした。わたしは世話役じゃないんでね。高級レストランのマネジャーです。雇い人たちが自由時間に何をしようと、それは勝手です。仕事ぶりに影響がなければ、ペリカンとつきあっていたってかまいませんよ」

わたしはバーナードを見詰めた。その目はわたしの左肩の上あたりに据えられている。背後に何があるのか見ようとして、後ろを振り向いた。ドアがあるだけだった。

バーナードと話しているあいだ、何人かの接客係がこちらを見ているのに気づいた。

アレックスが声を上げた。「クロエは、ここに来たことがありましたか?」

「いいえ」バーナードは腕時計を見た。「仕事を始めければなりません。あなたがたは、店員と十分ほど話してけっこうです――話す者がいたらね――そうしたら、帰ってください」

わたしはマネジャーに微笑み、手を差し出した。「お話しできてよかったわ」

彼はわたしの手を無視して、キッチンのほうへ行った。

ウェイターやウェイトレスたちが、レストランの正面近くの大きな丸いテーブルの周りに集まり始めた。アレックスは彼らを観察していた。「男の中の一人は味方になりそうだ」

わたしはすまなそうな顔でアレックスを見た。「ゲイという切り札を使うのは嫌だけど……」

「使わないよ」

わたしたちはテーブルのほうへ歩いていった。アレックスが先に突撃し、わたしはそのあと数歩遅れてついていった。アレックスがわたしたちが何者かを明かすと、警戒する者から、すぐさま敵意を表わす者まで、さまざまだった。もっとおもしろいことがあった。アレックスが注目していた男性はアレックスを観察して、そっぽを向いたのだ。ゲイという切り札が聞いてあきれる。

わたしは前に出て、早口で話した。「ねえ、わたしたちは、ペイジについて不利な事実を探しにきたわけじゃないの。デイル・ピアソンに対する裁判について、たくさんの疑問が挙がっているわ。これはマスコミが言うほど確実な裁判じゃない。それにもしデイル・ピアソンがやっていなかったら、それをやった人物はまだそのあたりにいる。その人物を捕まえるために、できることをしようとは思わない？」

二人がうなずいた。二人は肩をすくめた。そのほかは、まるで乗ってこなかった。そのうちの一人、髪の毛をきっちりと頭の上でお団子にまとめ、みんなの中でいちばん年長に見える女性が立ち上がった。「彼があなたの父親だと知ってるわ、わたしが考えるかぎり、あなたは殺人犯を弁護してる。あなたは自分の仕事をしてるだけ。でもわたしがその手伝いをしなくてはいけないことはない」

彼女は歩き去った。アレックスの〝味方〟は彼を冷たい目で見て、彼女と一緒に去っていった。ほかに二人、同じようにしようとしたけれど、座ったままでいる者がいた――たぶん、好奇心からだろう。若く見えるウェイターの一人、首に鉄十字の刺青があり、黒い縁の眼鏡をかけている男性が、歩き去る者たちを見送ってからこちらを見て、アレックスとわたしを観察した。「話をするよ、でも、たいした役には立ちそうにない」

わたしたちは、空席になった席に座った。わたしは誰か、ペイジが誰とつきあっていたか知っている者はいるかとたずねた。「都合のいい相手みたいな男がいたと思う」眼鏡をかけた刺青の男性が、まず話し始めた。「グレッグという名前だという、」彼はテーブルの周囲を見た。「オートバイに乗ってる男を覚えてないか?」うなずいたり、ああという声を上げたりする者がいた。「それは俳優か何かだと思う。でも彼女から話を聞いたことはなかった」

髪をポニーテールにした、そばかすのあるウェイトレスがつけたした。「彼はスタントマンだって言ってたと思うわ、でも俳優だったのかも」

でも、誰もその名前は知らなかった。「彼女が有名な人物とデートしてるようなことを聞いたことはなかった？　ミスター・パーフェクトと呼ばれるような人物よ？」ポニーテールの女性が、きつい目つきでわたしを見た。わたしはかぶりを振った。「それで彼女を叩こうというんじゃないの。彼女がそのような人物とつきあっていたという情報があって、それがもしかしたら……」

グレッグがうなずいた。「ここには有名人がたくさん来る。でも、彼女が有名人とつきあってたというのは知らないな。あるいは、既婚者ともね」

ほかの者たちも同意した。背が高くて痩せている、暗い色の髪を長く伸ばしたエキゾチックな顔立ちの若い女性が、裏口から入ってきた。ポニーテールのウェイトレスがその女性を指さした。「あれはトニアよ。ペイジと仲がよかったと思うわ」

バーナードがキッチンから現われて、わたしたちを睨みつけた。わたしは彼に、親しそうに手を振った。彼は腕時計を指先で叩いてみせ、それから踵（きびす）を返してキッチンに戻っていった。

わたしは立ち上がって、名刺を渡し始めた。ポニーテールのウェイトレスが片手を上げた。「待って、その……訊いてもいいかしら、どんなものなの？　ほら、彼はあなたの父親なんでしょう。すごく変じゃない？」

マスコミの力については知っていたが、この話が広がる速さには驚いた。この数時間で何百回もこの質問を投げかけられたような気がするが、まだ、単純に真実を言う以上にうまい返答を思いついていなかった。「そうね、本当にそうだわ」わたしは彼らに、何か思いついたら電話をしてほしいと言って、トニアのほうに向かった。

よく見ると、わたしは彼女を、ペイジのフェイスブックにあったグループ写真の中で見ていた。後ろのほうにいたが、その立ち方に何か特別な感じがあり、小さな音に反応して立ち止まった鹿のようで、思わず見直した。そうでなければ、見過ごしていたかもしれない。彼女の顔には、〝わたしに気づかないで〟というような、内向的なところがあった。

トニアは直接会うと、写真よりもずっと若く見えた。アレックスとわたしは自己紹介をした。彼女は表情を変えずにわたしからアレックスへと視線を移したが、緊張しているのがわかり、すぐにわたしたちを追い払おうとするだろうと思った。

わたしはあわてて話した。「たぶんわたしたちと話したくはないでしょうけど、わたしたちは誰がこれをやったのか突き止めたいだけなの」わたしは彼女にデイルが無実である可能性について話し、気乗りしない目撃者に対して使う台詞でしめくくった。「あなたが話してくれたことは、ぜったいに秘密にすると約束するわ」

これはまったくの嘘だった。いや、一種の嘘だ。役立つ話が何もなければ、本当に秘密にする。こちらの傷になるものなら、墓まで持っていく。でも使える話があったら、彼女を法廷に引きずり出して、手段を選ばずに証言を聞き出す。

トニアは耳の後ろに髪をかけた。「本当に、誰かほかのひとがやったと思っているの？」

「その可能性はあると思うわ。でも、もっと情報が要るの」わたしは、優しくお願いするような表情で彼女を見た。

「何も知らないのよ。あの晩は彼女に会わなかったし……」トニアは唇を震わせた。下唇を噛んだ。

明らかに、ペイジとトニアは親しかったようだ。こういう人物を見つけたかった。ミスター・パーフェクトを知っていそうな人物。でも彼女には優しく接しなければならない。さもないと、口を閉ざしてしまうだろう。「どれくらい前から、ペイジと知り合いだったの？」

「六ヵ月ぐらいよ。彼女はとても優しかった」

「仕事のあと、どこかに行ったりしたの？」

トニアはうなずいた。「少しね。飲みにいったりしたわ」

彼女はそれもときどきで、たいしたことではないように言ったが、嘘が下手だった。たぶん〝少し〟ではなく、単に飲みにいっただけでもないだろう。「彼女が誰とつきあってたか、知ってた？」

トニアの視線がアレックスのほうへ移動し、またわたしに戻った。「いいえ」

これは、知っているな。でもアレックスの前では話したくないようだ。わたしは腕時計を見た。「仕事に戻らなければならないでしょう。そのあと、会わない？　おごるわよ。でも、わたしと二人でってことになる。アレックスは来られないの。それでもいい？」

彼女はうなずいた。わたしはサンセット大通りの〈タワー・バー〉で会おうと提案した。人目につかない席があるし、平日の、彼女が店を出るくらいの時間には空いているだろう。わたしは彼女の連絡先を聞いた。彼女は十時半にそこへ行くと言った。

ようやく、ペイジの私生活の情報を提供してくれる人物が見つかったのかもしれない。

とくに、ミスター・パーフェクトについての情報だ。

26

アレックスの車で十時に〈タワー・バー〉に行き、窓際のテーブルについた。ひんやりとした、気持ちのいい夜で、街の眺めがすばらしかった。わたしはきらめく光を見詰め、その下の暗闇に潜む醜いものすべてのことを考えた。

ウェイターにソーダ水とライムという注文を伝えたあと、トニアのことを考えた――グループ写真での様子、ペイジについて話したときの悲しみの深さ。彼女の話がどんなものか、わかる気がした。

十五分後、トニアが現われた。ジーンズと黒いセーターという姿で、長い濃い色の髪が肩まで落ちている。彼女はシャルドネをグラスで注文した。わたしは夕食をおごると言ったが、彼女はかぶりを振った。「店で食べたの。大丈夫よ」

わたしたちは〈マジェスティ〉について喋った――チップはどうか（すごく高額）、バーナードはどんな人物か（すごく嫌なやつ）――それから本題に入った。「それで、あなたとペイジは親しかったのよね」

「ええ……まあね」

その日は店は静かで、テーブルの四つか五つに客がいるだけだった。ウェイターはすぐに、トニアのワインを持ってきた。彼女は一口飲んだ。

「ペイジとは仕事で知り合ったの？」

トニアはうなずいた。「彼女の口添えで雇ってもらえたの」

わたしは薄々感づいていたことを口にせずに、彼女がもう少し饒舌になるのを待った。でも彼女は平気で黙っていられるタイプで、一晩中でも待つことになりかねなかった。わたしは試してみることにした。

「彼女の口添えが必要だったのは、あなたが未成年だからね？」トニアは目を見開いた。何も言わなかった。「大丈夫。わたしは警察官じゃない。教えてちょうだい。どうやって偽の身分証明書を手に入れたの？」

「ペイジよ。マネジャーの面接を受けたとき、彼女が店にいたの。わたしはマネジャーに、ハンドバッグを盗まれて身分証明書をなくしたと言った。彼は、再発行しなければ雇えないと言った。わたしは諦めそうになった。でもペイジが戸口で声をかけてきて、助けてくれると言った」

わたしの直感は当たっていた。その先も、思っているとおりだろう。「あなた、十七歳ぐらい？」

「六月に十八歳になるわ」彼女は反抗的に微笑んで、ワインをもう一口飲んだ。

「どこから家出してきたの、トニア？」

彼女は凍りついた。「家出じゃない。どうしてそんなことを言うの？」

「義理のお父さん？　伯父さん？　本当の父親？」

トニアは長いことわたしを見詰めていた。大きく見開いた目に恐怖を浮かべて、室内を見た。ぐるりと見回したあとで、テーブルを見下ろして、小声で言った。「なんの話をしているのかわからないわ」

「わかっているでしょう。大丈夫。安心して」わたしは彼女が目を合わせてくるまで待った。ようやく目が合ったとき、わたしは話を続けた。「どんな経験をしてきたか、わかるわ。心配いらない、わたしたちのあいだだけの話にする」トニアはゆっくりうなずいた。「誰だったの？」

「義理の兄よ」

わたしは燃え上がる怒りの炎を無理やり抑えこんだ。そのろくでなし野郎を素手で殺してやりたかった。トニアはワイングラスを見下ろした。数秒後、わたしを上目遣いに見た。「どうしてわかったの？　あなた、もしかして――」

「ごめんなさい。ちょっと待って」ウェイターが来ていた。トニアに車に戻る前に水を飲ませておいたほうがいいと思って、手招きしておいたのだ。自分も酒を飲むことにした。少し気持ちを落ち着けて、集中したい。この問題がどれほどよくあることか、みんな気づいていない。どれほど深刻な悪影響を残すかも。わたしはピノノワールのグラスと、トニアのために水を一杯注文した。ウェイターが立ち去ってから、わたしは訊いた。「ペイジは知っていたの？」

「最初は知らなかった。話すつもりもなかったんだけど、ある晩、遊んだあと、わたしはすごく疲れて……ハイになった。それで喋っちゃった」

「ペイジの家で？」

「その晩はそうだった、でも、あまりあそこで遊ぶことはなかったわ」

「あそこでデイルと会ったことがあった？」

「あの……警察官？」わたしはうなずいた。「いいえ」

「どこで遊ぶことが多かったの？」

「クラブよ、〈グレイストン〉や〈ルアー〉みたいな。それと、レストランね。ここにも何回か来た」

どれも高いクラブだ。この〈タワー〉だって、安い店ではない。「誰が払ったの？」

「ペイジよ」彼女はワイングラスのステムの部分を持って回転させた。

「ミスター・パーフェクトと呼ばれる男性の話を聞いたことがある？」

「ミスター・パーフェクト？　知らない。でも、ほかのみんながオートバイの男のひとの話をしてたのを聞いたわ。その男のひとがペイジを仕事に送ってきたのを、二回見た。ペイジは彼のことをあんまり話したがらなくて、元彼だけどまだ友だちなんだって言ってたわ」

だがもし元彼が、やはり〝元〟ではなくなりたいと思ったら……ミスター・パーフェクトのことばかり考えていたが、元恋人だって同じように使える。「そのひとの名前を知ってる？」トニアはかぶりを振った。「どんな外見だった？」

彼女はチャズの話や、レストランで聞いたのと、ほとんど同じ描写をした――側面に炎の絵があるヘルメットまで。ただし、彼女はつけくわえた。「とってもすてきだった」

「ペイジから、何をしてるひとだか聞いた？　俳優なのかしら？」でもトニアは知らず、彼について話すことは何もないようだった。

わたしは話の方向を変えてみた。「彼女の家に何度か行ったと言ったわね」彼女はうなずいた。「アクセサリーなんかを見たりした？」

彼女は肩をすくめた。「見たかもしれないけど、特別なものは覚えていない」

わたしは盗まれた宝飾品の写真を出した。「こんなアクセサリーを見たことはなかった？」

彼女は写真を見て、顔を輝かせた。「ああ、これね。Tシャツを借りたとき、引き出しの中にあったわ。いろんなものの下に隠すみたいにしてあって、変だと思ったの」

当たりだ。宝飾品はペイジのものだった。「すごく高いものだからかしら」

トニアは目を大きくした。「本物だってこと？」

「そのようね。ペイジは、それをどこで手に入れたか話した？」

「もらいものだって」

「誰からもらったのかは？」トニアはかぶりを振った。わたしたちはそれからしばらく話したが、トニアから得られる情報はそこまでだった。わたしはウェイターに、伝票を持ってくるように合図した。「トニア、身分証明書を見せてくれる？」

「どうして？」

「信用してちょうだい」

彼女は財布から身分証明書を取り出して、警戒するような顔で渡してよこした。

わたしはそれを携帯電話のフラッシュライトを使って観察し、彼女に返した。「これはいい偽物じゃない。どうしてマネジャーを騙せたのか、わからないわ」とはいえ、先刻会ったうすのろ野郎を思い出すと、わかる気もした。「でも、警察官ならすぐに見抜く。ペイジのことで、もう会った？」

「警察官と？」

わたしはうなずいた。

彼女はかぶりを振った。「わたしの休みの日に、店に来たみたい」

「もう来ないかもしれないけど、もし来たら、近づかないことね」彼女は逃げてきた地獄のような場所に、あっというまに送り返されることだろう。

トニアは自分の体を抱くようにして、身を乗り出した。「捕まったら、どうしたらいい？」

わたしは名刺を出した。「そうしたら、わたしに電話しなさい。警察とは話さないで。何も言わないこと。弁護士を呼びたいとだけ言うのよ。何時でも、どこに連れていかれてもいい。駆けつけるわ。わかった？」

トニアの目に涙が浮かんだ。彼女はうなずいて、わたしの名刺を見た。「ありがとう、ミズ・ブリンクマン」

わたしは身を乗り出して、名刺を見た。「そこにサマンサって書いてない？」

彼女はちょっと笑って、涙を拭いた。「ええ」

わたしは二十ドル札を二枚、彼女に握らせた。「家までの車代よ」彼女は断わろうとした。「年上には逆らわないの」

トニアが立ち去ってから、アレックスに電話した。彼が、わたしの足だ。

アレックスは挨拶抜きで電話に出た。「どうだった？　何かわかったかい？」

「少しだけね。近くにいるの？」

「そう言ってもいいかな」

目を上げると、アレックスがバーに入ってくるのが見えた。お互いに電話を切った。

「ラウンジのほうで待っていたの？」彼はうなずいた。わたしは彼に、わかったことを話した――ペイジのことと、トニアのことも。

彼はかぶりを振った。「われわれが生きてるこの世の中は、とんでもないところだな。でも、とりあえず宝飾品について確認ができた。ペイジはそれを誰からもらったか警察に訊かれたくなくて、それでクロエが盗まれたと申告した。あなたの思ったとおりだった」

「あまり驚いていないふりをしてちょうだい」アレックスは気まずそうな顔をした。

「いずれにしても、オートバイに乗っている男の子について、調べる必要がある」

アレックスは自信ありげに微笑んだ。「誰かが教えてくれるよ」

その自信のせいで、わたしは笑い返した。「例の本に書いてあったの？」

「いろいろ、ぼくが知っていることもあるのさ」

「そうなの？」

彼はうなずいた。「あなたがぼくの裁判を引き受けると知ってた。あなたがぼくと取引すると知ってた」

わたしはワインのグラスを脇に除けて、ウェイターを呼んで、本当の酒を頼んだ。

27

帰宅して、テレビをつけるというまちがいを犯してしまった。公費選任弁護人時代に撮った写真が、制服姿のデイルの写真と並んで映っていた。司会者は、ピアソン事件で〝驚くべき新しい進展〟があったと告げた。わたしはチャンネルを変えたが、二十秒後に、また画面にわたしたちの顔写真が現われて、レポーターが息を切らして「彼は彼女の父親でした！」と叫んだ。これがもう一回あり、わたしは諦めてベッドに入った。新たに次の悪趣味な見世物が出てくれば終わるはずだから、それが待ちきれなかった。ドナルド・トランプが女性になるつもりだと発表してくれないだろうかと祈りながら、眠りについた。

驚いたことに、その晩は夢も見ずに眠った。翌朝、テレビをつけないだけの良識もあった。トニアとの会話を思い出した。彼女の情報は進歩だと言っていい。概して言えば、わたしはそこそこいい気分だった。〈ギャングスタズ・パラダイス〉を歌いながら車で事務所へ向かった。

でもドアを開けもしないうちに、電話が鳴っているのが聞こえて、気持ちが沈んだ。家で騒ぎをなくしたからと言って、終わったわけではなかった。ミシェルが険しい顔つきで、コンピュータを見詰めていた。「わたしの所得申告書を見たばっかりみたいな顔ね。どうしたの？」

「ニュースよ。デイルは一年前に強姦で訴えられたことがあった。売春婦にね」

「なんですって？」次の見世物が出てきた。デイルだ。わたしはミシェルの机の端に腰かけた。ミシェルはコンピュータの画面をわたしに向けた。でも、とても読む気になれなかった。「なんだっていうの？　彼は起訴されたの？」

「いいえ。証拠がないということで、立ち消えになった。物的証拠がないって」

「じゃあ、どうして……？」こういう民間からの苦情は警察官の個人ファイルにおさまることが多い。そんな個人ファイルは機密扱いのはずだ。「あいつら。わざとリークしたわね」

ザック・チャステインがどんな手を使ってくるだろうと身構えていたが、こう来たか。

なんとか対処しなければならない。すぐにでもだ。「ミシェル、明日の予約を入れて」

ミシェルは電話を手にした。「どうするの？」

いい質問だ。わたしは歩き始めた。この話は毒が回るように広まっていく。好きなだけマスコミに話をしてもいいが、それは問題ではない。「まず、これをリークしたと言って、ザックを八つ裂きにする」だがザックが汚い闘い方をすると証明しても意味はない。デイルが女性を強姦していないという証拠を持ち出さなければならない。ザックが嫌なやつなのにうんざりしていたが、それよりもはるかにデイルにうんざりしていた。

アレックスが彼の小さな部屋から出てきていた。「今、記事を読んだ。その女性を追跡できる。彼女に嘘をついたと言わせられれば……」

「望みなしよ。女性は虚偽の報告書を書いたとして逮捕される。そんなことはしないに決まってる。ダウンタウンに行ってデイルに会って、彼の立場からの話を聞く必要があるわね」

そして、どうしてこれについて話をしなかったのかもだ。不意打ちを食らった。ふたたび。この一件は、どんどん忌々しいものになってくる。

「一緒に行こうか？」アレックスが訊いた。

「ありがとう。でも、いいわ。あいつの尻を蹴ってやらなきゃならなくて、それを人前でやられたら依頼人が気まずいでしょう」見つかったばかりの〝父親〟に売春婦を強姦したことについて問いただすのに、連れは必要なかった。わたしはガソリン代として二十ドルをミシェルから借りて――現金は全部トニアにあげてしまった――車に向かった。

ダウンタウンへの道のり、わたしはずっと苛立っていた――その一部は、自分に対してだった。愚かにも、彼を信じ始めていた。何を考えていたのだろう？　わたしはデイル・ピアソンのことを何も知らない。彼は見知らぬ人間だ。たまたま母に精子を提供した、犯罪者だ。子どものころ想像していたスーパーヒーローではない。なんてすてきな家族だろう。ママは自分勝手で、パパは反社会的な警察官。今年の〝一年のできごと〟は、特別に刺激的なものになりそうだ。

彼が代理人室に連れてこられたとき、ニュースについて知っているのがわかった。全身から力が抜け、惨めな表情だった。わたしは気にしなかった。通話機を手にして、正面から質問を投げつけた。「どうして売春婦のことを話さなかったの？」

彼は下を向いて、静かに話した。「きみが本気にするのが怖かった」彼はわたしの目を見た。「嘘なんだ、サマンサ。そんなことは、絶対にしていない」

デイルの話し方はうまかった。それは認めよう。でも彼の調子に引きこまれるつもりはなかった。わたしの声はしわがれて、無表情だった。「だったらなんだというの？　その女性は、あなたに逮捕されたからお返ししたかったとか？」民間からの苦情があったとき、警察官は必ずそう言う。でもデイルは殺人課の刑事だった。売春婦を逮捕する理由はなかった。

「いや、彼女を逮捕したわけじゃない。ある晩、薬物中毒者を留置したら、隣の監房に彼女がいた。泣いていた。ポン引きが出してくれなくて、頼りになる者は誰もいないと言ってね。彼女を気の毒に思った。前科記録を見た。商売を始めて、あまり経っていないようだった。それでわたしは内勤の巡査部長に彼女を出してやれと言い、郡のサービス機関への紹介状を書いてやった。本物の仕事を見つける手伝いをしてくれるはずだと言ってね。数週間後、サンセット大通りの〈コーヒー・ビーン〉でばったり彼女に会った。彼女は生活を立て直して、いくつかの就職志願書を出して、返事待ちだと言っていた。その日は夜通し飲むつもりだったので、お祝いに彼女に一杯おごって……」デイルは、全身がしぼんだように見えるほど深く、ため息をついた。

「関係を持ったのね」

デイルは惨めな様子でうなずいた。「合意の上でのセックスだ。でも行為のあと、彼女は金を要求して――」

「あなたはそれを断わり、彼女は届け出た」

「いいや。わたしは断わらなかった。百ドル渡した。もともとの稼ぎより多いだろうと思った。でも彼女はそんなものじゃないと言った。一万よこせ、それに応じなかったら強姦されたことにすると言いだした。わたしは彼女を信じなかったし、誰も本気にしないだろうと思った。だから、勝手にしろと言った」

それで、女性は勝手にしたわけだ。「追跡調査もなしで、取り下げたの？」

「内部調査委員会（IA）の会合が開かれたが、彼女は来なかった」

これで、それ以上のことにならなかった説明はついた。ありふれた筋書きが見えてきた。「あなたは売春婦と寝たとき酔っぱらっていて、クロエと争ったときも酔っぱらっていた――」

デイルはかぶりを振った。「酒の問題じゃない。判断力の問題だ」彼は眉をひそめた。「それと、アンガー・マネジメントの問題も多少はあるかな」

お互いさまのように聞こえたが、精神分析をするのはわたしの仕事ではない。「その売春婦、名前はなんといったかしら？」

「ジェニー。ジェニー・ノックスだ」

「そうね。売春婦らしくない名前ね」

「言っただろう、商売は長くなかったと思う。いわゆる売春婦のタイプには見えなかった」彼は眉をひそめて、カウンターを見下ろした。「自分のしたことを弁明しているように見えたら嫌だな。彼女と寝てはいけなかった。でも、強姦はしていない。人生で、誰かを強姦したことなどない」彼は懇願するような目をした。「誓うよ」

デイルは誠実そうに見えた。わたしは彼を信じたいと思っている自分に気づいた。でも、それを引き留めた。彼は、前回会って何も隠していないと言ったときも、誠実そうだった。彼を信じるかどうかを問題にしてはいけない。ほかの依頼人だったら、問題になりもしなかっただろう。彼のことを、ほかの依頼人以上に特別に考えるのはやめなくてはいけない。問題は、陪審が彼を信じるかどうかだ。今の演技なら、信じるだろう。「次の問題は、誰がこの話をリークしたのかよ。ＩＡの中に、これをリークするほどあなたを嫌っていたひとはいる?」二つの殺人で有罪になる彼を見たいだなんて、かなりの敵だ。

デイルはわたしとのあいだの窓の一点をこすった。「署内では、わたしに対してそれほど大きな怨恨を持つ者は考えられない」彼はわたしを見た。「きみの範疇の話じゃないかと思っていたんだが」

訴追者は、裁判所の命令がなければこうした個人ファイルを手に入れることはできないはずだ。でももしザックにＩＡ内に仲間がいれば、こっそり情報を入手できる。わたしはうなずいた。「明日、法廷でそれを探ってみるわ。逆回転をかけられるように、ミシェルが手配しているわ」わたしは、このリークについてやり返すさいに、デイルを法廷に臨席させるべきかどうか考えた。わたしが依頼人――わたしの父親――が不当にも偽の強姦の訴えを受けたと主張するあいだ、カメラはデイルの顔を大きく映し出すだろう。でも世間の人々が聞く言葉は〝デイル〟と〝強姦〟だ。そこにデイルの姿があれば、繋がりが強化されるばかりだ。「できるだけこの件からあなたを遠ざけておきたいのよ、だから明日はあなたは登場しないことにする。いい？」デイルはうなずいた。わたしは書類鞄から出廷放棄の書類を出した。

わたしは身を乗り出した。「見て、わかってほしいの。わたしに隠しごとはできない。これ以上、不意に爆弾を落とすようなことをしたら、やめるわよ。あなたが誰だろうとかまわない。ほかに何があるの？」

彼の表情は誠実だった。「ほかには何もない。誓うよ」

彼を信じていいかどうかわからなかった。これほど親身に心配するのは不本意だった。

28

出かけたときよりも、多少は落ち着いた気分で事務所に戻った。必ずしもデイルの話を受け入れたからではなく、さらに大きな、早急に切り抜けるべき難題が見つかったからだった。

アレックスとミシェルを部屋に呼んだ。電話がひっきりなしに鳴り、まるで一つの長い連続した呼び出し音のように聞こえた。ミシェルは疲れた様子でやってきた。

「朝からずっとこの調子だったの。ニュース番組、ケーブル・テレビ、新聞記者、そしてもちろん、いつもの頭のおかしい連中――でも、今回は数が多いし、ずっと意地悪よ。少なくとも、デイルがあなたの父親だという話のときは、いくつか同情の声もあった。今回は、デイルは怪物で、それを弁護するあなたはクズだっていう、頭のおかしいやつばっかり」

わたしとしては、デイルがわたしの父親であるという話から世間の目を逸らすような何かを望んでいた。でも、もっと種類を選んで望むべきだった。「脅迫は？」

「今のところ、ないわ」

これを、本日のいいニュースとするべきだろう。「この売春婦についてできるかぎりの情報を集める必要が――」

アレックスが、iPadを見ながら言った。「三十六歳、身長百六十九センチ、体重五十八キロ、金髪、青い目、左の肩にタズ、つまりタスマニアン・デヴィルの刺青。売春行為で二度の逮捕、過去に万引きで二度の逮捕、麻薬使用で一度捕まったけど証拠不充分で却下。二度の売春行為による逮捕はLAで。ほかはすべてオレンジ郡でだ」

「驚いた、それ全部調べたの？」わたしは微笑んだ。「よくやったわ、アレックス。彼女が今どこにいるのか、情報は？」

「いま調べてる。最後に確認されている住所はオレンジ郡だけど、二年前のことで、今その集合住宅は高齢者の居住施設になってる」

「だけど一年前にハリウッドで逮捕されているんでしょう。警察官は新しい住所を聞かなかったのかしら」

「そうなんだ。彼女は古い住所を言って、なぜか起訴されることなくその晩に解放された。住所を確認することはなかった」

「ええ、理由はわかってる」わたしはデイルから聞いた経緯を話した。

アレックスはかぶりを振った。「それはある意味、ついてなかったな」

デイルが真実を言っているのなら、だ。「彼女が最後に逮捕された地区を調べて、近くに住んでいたのかどうか見てみるのもいいかもしれない。デイルはあの晩、薬物中毒者を留置したと言った。デイルに会って、その薬物中毒者を追跡する手立てがあるかどうか訊いてみて。問題の晩にいた巡査部長と話してもいいかもしれない。デイルの話を裏づけられるかどうか」

「ザックはまったく騒がせてくれるわね」ミシェルは言った。

わたしはうなずいた。「ちょっと驚いてる。汚いことをするという評判はないけど……」

ミシェルはうんざりした顔をした。「大きな裁判は大きな動機になりうるわ」

わたしたちは、それぞれ仕事に戻った。わたしは明日のための準備をしなければならず、まだ予備審問の作戦を固められていなかった。チャズ・ゴーマンを裁判で証言台に立たせるかどうか決めていなかったが、いま彼を連れ出すことはありえない。ザックが彼について情報を掘り出す時間が、少なければ少ないほどいい。

明日のためにゆっくり休みたいと願いながら、真夜中にはベッドに入った。でもまた、悪夢を見た。午前三時に、心臓が激しく鳴り、息苦しくて目が覚めた。ふたたび眠るまでに一時間を要した。六時にベッドから出たとき、疲れていて体が痛かった。立て続けに三杯コーヒーを飲んだ――でも腹が立っていて、カフェインの刺激は必要なかった。

そんな精神状態だったから、ザンダーが裁判所まで車で送ってくれたことに、世界は感謝するべきだ。マスコミになんと言おうか考えていたとき、携帯電話が鳴った。たぶんアレックスがもう何かを見つけたのだろう。とにかくいいニュースが聞きたくて、彼が何かをつかむのには早すぎると考えて手を止めることをしなかった。それで、不快なほどなじみのある、澄ました母親の声が電話から聞こえたとき、わたしは二重のショックを受けた。

「言ったでしょう、サマンサ？　殺人犯で、強姦者ですって！」

「お母さん、ニュースを見たなら、わたしが裁判所へ向かう途中だってわかるでしょう。こんな――」

彼女は頓着せずに話し続けた。「この事件から手を引きなさい！　これで彼が何者か、よくわかったでしょう？　彼と別れたのには理由があったって、言ったわよね。

これでわたしを信じるわよね！」

彼女と関わってはいけない、すぐさま電話を切るべきだと承知していた。気持ちを集中させていなければならない。でもいつもの通り、つい言い返してしまった。「そんなことは言わなかった。何を信じろというの？　あなたが彼と別れたのは、彼がお金を持っていなかったから。彼がどんな人物か知っていた、あるいはそれを気にしたからじゃなく――」

「知っていたわ。いつだって、彼には何か……おかしなところがあると思ってた」

「だったらどうして、もっと前に彼のことを話してくれなかったの？」

長い沈黙があった。「あなたを動揺させたくなかったからよ」

わたしは思わず笑った。心の一部では泣きたかったけれど。わたしの感情などは、彼女がいちばん気にかけていないことだ。わたしがニュースでそれを知るほうがいいと思ったの？」

「こんなに悪いやつだとは思いもしなかったのよ」

「セレスト、あなたは何一つわかっていやしなかった。ただ、彼がわたしの父親だということが誰にも知られないように、この事件から手を引かせたかっただけでしょう。それがわかったときの世間体が心配で――」

「あの……忌々しい犯罪者がしたことで、わたしが苦しまなくちゃならないなんて、おかしいわ！　せめてあなたにできるのは、事件から手を引いて距離を取ることよ！」

もうすぐ高速道路の出口だった。「わたしはこの事件から手を引いたりしないわよ、セレスト」これまでさんざん、頭の中で別れの言葉を用意したものだった。どれほど彼女に傷つけられ、見くびられ、望まれていないと思い知らされてきたか言ってやるのだと考えてきた。でもこの瞬間、それは怒りに駆られた行為にすぎなかったとわかった。彼女は何も認めず、けっして変わらない。彼女は反論し、否定し、わたしに言葉を投げ返し、恩知らずとなじり……さらにひどいことを言うだろう。おそらく最悪のタイミングだったが、これ以上待ちたくなかった。役に立たない演説に思いを巡らせる時間が増えるばかりだ。歯を食いしばるべきときが来たようだ。「もう電話しないで。お互い、話すことなどないでしょう」わたしは通話を切り、震えている自分の手を見詰めた。シートに沈みこみ、両目を閉じた。実際にやってのけたのが、信じられなかった。

わたしは怖かったし、ちょっとショックを受けていた。見えない綱が切れて自由落下していくような気分で、混乱していた。でも後悔はなかった。より強くなり、勝利感をかみしめた。この瞬間まで、どれほど自分を被害者だと思っていたのか気づかなかった——もうこれ以上、被害者ではいないと決めた。ザンダーが車を裁判所の前に寄せたとき、わたしの両手の震えは止まっていた。

今日ここに来る予定をぎりぎりで組んだので、今回は外の群衆が少ないのを見ても驚かなかった。かまわない。今日の手続きについて広く伝えるには、充分なカメラがあった。車を下りたとき、ブリタニーとトレヴァーがわたしに気づいた。

トレヴァーのほうが早く近くに来た。「サマンサ、強姦の件について、どうするつもりかな?」ブリタニーのカメラマンがトレヴァーの背後に来て、レンズをこちらに向けるのが見えた。

わたしは冷静な表情を作り、まっすぐにレンズを見た。「なんにせよ、訴えに真実はありません。訴えたのは、彼から金を取ろうとした売春婦です」別の記者たちが駆け寄ってきてわたしを取り囲み、マイクを突き出した。「正直言って、訴追側が偽の訴えをリークするなどという、安っぽくてお粗末な戦法を取ってきたことに落胆しています。それだけ必死だということですね。それはそうでしょう。デイル・ピアソンは無実です。それを証明するのを、こんな組織的中傷によって、やめるつもりはありません。いいかしら、法廷に行かなければならないので」

人混みを避けるようにして進むわたしに、質問が浴びせられた。でも、今の時点では充分なコメントを提供した。残りは法廷に取っておきたい。ドアを押し開けて中に入ると、エレベーターの近くにイーディの姿が見えた。彼女はわたしに手を振って、口を動かしてみせた。「ごめんなさい」

ブリタニーが追いついてきた。「サマンサ、大変なことね。ショックでしょう。放送時間がもっと欲しかったら、言ってちょうだいね？」

「ありがとう、どうなることやら」

今回は階段を使わなかった。闘いに向けて、エネルギーを取っておきたかった。それでわたしは、いつも混んでいる動きの遅いエレベーターに無理やり乗りこみ、目指す階に着くころには、ものすごく腹を立てていた。闘う気満々で、勢いよく法廷に入った。ザックを見たりしなかった。姿を見たら、何かを投げつけかねない。法廷にかなりの数の記者がいるのが嬉しかった。彼らは今日は元を取れる。

ウィリアム・トリンバーグ裁判官には、お気の毒だった。ひとは彼のことを〝紳士的〟だという。でもそれは、彼が軟弱だというのを、いい言い方にしているだけだ。法律家たちが限界に挑むようなことをしたとき――ほぼ毎日、そんなことがある――それを御するのは裁判官の仕事だ。でもトリンバーグ裁判官にはその度胸がない。騒動が始まると、彼は頭を下げて隠れようとする。だからわたしは自由に主張しようと思っていた。それをおおいに活用するつもりだった。

彼に事件の名前を呼ばれたとき、わたしは競走馬セクレタリアトのように勢いよく始めた。

「裁判官、今日、依頼人に出廷を放棄させたのは、司法制度にとって恥ずべき場面を目撃させる必要はなかったからです。わたしはこれまでいくつもの汚い愚行を見てきましたが、訴追側がしたことは、おそらく最もくだらないことです。この訴えは虚偽で、被害者自身が確証することもできないでしょう。何も根拠のない強姦の訴えを故意にリークするなんて、とんでもないことです。法の適正手続きと公正な裁判を受けるデイル・ピアソンの権利に対する、故意的な妨害行為です。すべての訴えを却下するよう動くつもりです。意義を申し立てて、このひどい組織的中傷について、訴追側に制裁を加えることを求めます」

ザックは立ち上がったとき、真っ赤な顔をしていた。彼は法律用箋にペンの端を叩きつけ、唇をきつく結んでいた。ようやく話し始めたとき、その声はしわがれていた。

「裁判官……」彼は咳払いをした。「裁判官、弁護人が慌てている理由はよく理解できますが、だからといって根拠のない非難を投げつける権利が彼女にあるわけではありません。わたしは強姦の報告書をリークしていませんし、誰がしたのか知りません。弁護人がこれを組織的中傷と呼ぶのは皮肉なことです。なぜならまさにそれを、裏付けられる事実もなしにわたしを非難することによっておこなったのですから――」

わたしは飛び上がるように立ち上がった。「事実もなしに？　ほかに誰が機密扱いの個人ファイルを持ち出せるでしょうか？　ほかに誰が、陪審候補者に悪い印象を与えようとするでしょう？」

法律家たちは法廷で互いに直接言い合うことはしないとされている――通常は裁判官に、そして場合によっては陪審に対して語りかける。でもザックはそれを忘れた。彼はわたしに顔を向けて、言い返した。「明らかに、わたし以外の何者かだな！」

「だとしたら、喜んで調査を受け入れなさい！」

「調査を受け入れるとも。そうすれば、ジェニー・ノックスがIAの聴取に現われなかった理由もわかるだろう」

ようやく、十秒ほど遅すぎるタイミングで、裁判官が片手を上げた。「あなたがたは、どちらも法廷の公職者であり、それぞれの倫理的責務を――」

でもわたしは、まだ終われなかった。「裁判官、ザック・チャスティンはどうやら自分には倫理的責務がないと考えているようです。彼に制裁を与えるだけでは充分ではありません。この裁判から彼をはずすべきです！」

ザックの目は怒りをたたえて細くなり、顔がさらに赤みを増した。「もし誰かがはずされるべき者がいるとしたら、それはサマンサ・ブリンクマンです。彼女はこの裁判に、近い位置にいすぎます。プロに徹しきれない。しょせんは彼女の父親の――」

「しようもない卑劣な攻撃を――」

小槌が打ちおろされて、わたしは言葉を切った。おそらく、裁判官の職歴において、彼がそれを使ったのは初めてだっただろう。彼の手が震えているのが見えた気がした。

廷吏は口をぽかんと開けた。

トリンバーグ裁判官の声は張り詰めていたが、彼の淡い青い色の目に、真の怒りが見て取れた。「この件からは誰もはずれません。でも、今さっきの個人的な攻撃は感心しません。双方とも、法廷に対する書面による謝罪文を提出するように。今日の五時までにわたしの手元に届くことを期待します」彼はわたしからザックに視線を移した。「しかしながら、これは深刻な違反行為です、ミスター・チャステイン。保安官事務所に、リークについて捜査を命じます。ところでミズ・ブリンクマン、事務官から、開示を希望するものがあると聞きましたが？」

わたしは彼が捜査を命じたことには感謝したが、それは最低限のことだった。それに、損害はあった。強姦の訴えについては、あらゆるところでニュースになった。一度鳴ったベルを消す術はない——それが嘘だったと証明する以外には。

「ありがとうございます、裁判官。はい、あります。わたしが求めるのは被害者二人の携帯電話の記録、ラップトップ・コンピュータからダウンロードした情報、ナビゲーション・システムの記録——」

ザックが、冷たい声で割りこんできた。「それはこちらで調査しています、裁判官。少し時間がかかるかもしれません」

わたしはザックを睨んだ。「訴追側に、時間を忘れてはいけないと言わせてもらいます。予備審問と公判を、制定上の期限内におこなうのですから」

裁判官はうなずいた。「ミスター・チャステイン、それらの記録をミズ・ブリンクマンに渡すのに、どれぐらいかかりますか？」

「予備審問の前にそれらの記録のすべてを揃えるのは無理かもしれません」ザックは一瞬、法律用箋に目を落とした。「ですがミズ・ブリンクマンは、さしあたりそれらの開示について心配は無用です。予備審問をすべてなくし、この件を大陪審に進めるつもりです」彼はわたしを睨みつけた。「ミズ・ブリンクマンはとても急いでいますから、そうすれば物事が少しは早く進むはずです」

わたしは彼を睨み返した。「これで、ミスター・チャステインが証拠を秘密にしたがる理由がわかりました。裁判官に下手な言い逃れを言わなくていいように――」

ザックが言い返した。「下手な言い逃れ？ これは楽勝の、たやすい仕事で――」

裁判官がふたたび小槌を叩いた。彼は全速力で走っていた馬の鞍から落ちた人間のような顔をしていた。「ミズ・ブリンクマン、ほかに何かありますか？」

「組織的中傷を止める以外にでしょうか？ ありません」

「それでは休憩に入ります」

29

記者たちが階下に集まっていたが、言いたいことは法廷で言った――それ以上も、少し。外に出たとき、わたしは先刻の発言をかいつまんで話し、〝こうした姑息な戦略に惑わされないだけの良識ある陪審だと信じる〟とだけ、つけくわえた。

イーディとブリタニーが手を振っていたが、わたしはここを離れたかった。二人に手を振り返し、縁石でアイドリングしているザンダーを指さした。車に向かって歩いていくと、トレヴァーが近づいてきて、低い声で言った。「どうして父親についての話を、ぼくにくれなかったんだ?」

「ごめんなさい、トレヴァー。テレビで話すべきニュースだと思ったの。次はあなたに連絡するわ」

彼は推し量るような顔でわたしを見た。「誰がリークしたか突き止めたら、何を教えてくれる?」

もしザックがリークしたと証明できたら、彼の信憑性は本当になくなる。だからといって、必ずしもそれが反撃の切り札になるともかぎらない。でもこれほど厄介な裁判では、どんな些細なことにも意味がある。唯一の問題は、まだ引き換えにできるようなものが、こちらにないことだ。「まずはその情報をつかんで。そうしたら相談しましょう」

「連絡するよ」

わたしは車に乗った。ザンダーはゆっくり車を出した。「携帯電話であんたを見たよ。大変な一日だな」

「そうなの」彼は左折の車線に入った。

彼にはその半分しかわかっていないと考えながら、わたしはため息をついた。

「車をありがとう、ザンダー。苦労するにも、格好よくなくちゃね。あなたのほうの仕事の役に、少しは立ってる?」

「まだだが、きっと役に立つさ」

わたしが事務所に戻ったとき、アレックスとミシェルはテレビでニュースを見ていた。アレックスが、親指を立ててみせた。「あの検察官を、しっかりやっつけてやったね――」

「マスコミに対しても、うまい具合だったわ」ミシェルが言った。

わたしは書類鞄をおいた。「ザックは記者たちにどんな対応だった？」

ミシェルはため息をついた。「残念ながら、すごく上手だったわ。あの報告書を誰がリークしたのか見当もつかないと言って、悪いやつらが早く捕まることを願うとかなんとか。説得力があった」

テレビ画面を見ると、レポーターが裁判所の前の階段に立っているのが映っていた。一晩じゅう、この話を取り上げていくだろう。「ハンサムな顔に騙されてない？」

「ああ、もう少しでそうなるところだった。だけど陪審候補者もそうでしょう」

残念ながら、そのとおりだ。わたしはアレックスのほうを見た。「あなたはどう思った？」

アレックスは申し訳ないという顔をした。「同意見だ。残念ながら。彼は大陪審に進むと言ってるけど、どうする？　反対はできるのかい？」

「いいえ。でも、反対したくもない」

ミシェルは眉を上げた。「そうなの？　大陪審は必ず起訴する。裁判官はもしかしたら――」

「棄却するかもしれない？」わたしは訊いた。ミシェルはうなずいた。「ありえないわ。手堅い裁判よ。証言の大半は、DNAや指紋についての専門家の話でしょう。唯一の民間人はジャネットで、彼女の証言は何があっても揺らがない。だから予備審問をしたら、そうしたまずい事柄が明らかになって、陪審候補者たちはこれから二ヵ月それを考えていることになる。大陪審なら、静かにしておける」

ミシェルは、何食わぬ顔で言った。「リークがないかぎりね」彼女はわたしの顔を見た。「早過ぎる?」

アレックスは立ち上がって上着を着た。「デイルと話してくる」

「麻薬中毒者について、まっとうな住所を手に入れられなかったら、どこで逮捕したかを訊きだして。そのあたりに、まだいるかも――」

「見つかったら、その中毒者と話してこようか?」わたしはうなずいた。「どうやったら、話をさせられるかな?」

「ミシェル、二十ドル札を彼に渡して」デイルの依頼料の小切手を現金化したので、賄賂資金を補充してあった。彼女は札を出して、彼に渡した。「わたしの名刺を渡すのよ。持っているわよね?」アレックスはかぶりを振った。ミシェルが一束渡した。

「いつでも持っているようにして。あんな連中には、いい餌になる」電話を受けても弁護するとはかぎらないが、それを知らせておく必要はない。

アレックスは上着のポケットに名刺を入れた。「自分の名刺を作ってもらえるかな？　そのほうが少し信用性が増す」

ミシェルはうなずいた。「もう注文してあるの。二日もしたら、取りにいく」名刺で何かが認められるわけではないが、たいした問題ではない。たいていのひとは、本気で見たりしない。

アレックスは微笑んだ。「ありがとう、ミッチー」彼はドアに向かったが、振り向いた。「ジェニー・ノックスが見つかったら、話してこようか？」

「いいえ。それは待っていて。一緒に行くほうがいい」このインタビューは厄介だ。もしデイルが彼女について真実を述べていたら、争うには危険な人物だ。彼女を脅したとか圧力をかけたとかいうくだらない訴えで、州法曹界の調査を受けたりなどしたくない。「でもどこに住んでいるか突き止めて、彼女を知ってる人物を見つけて話を聞けるかどうか調べておいて」

「わかった」

わたしは彼のカーキ色のズボンと濃紺のブレザーを見た。「どうでもいいけど、もう少し汚い格好に着替えたほうがいい。ちょっと、シャバっぽくするのよ」

アレックスは顔をしかめた。「ああ」

「この強姦の件にかかずらっている時間はあまりないわ。今日できることを済ませて、報告してね」

アレックスが出ていったあと、わたしはミシェルにセレストとの電話の話をした――これを最後にすると。うまく話せるかどうか自信がなかった。動揺するかと思った。でもちがった。花火を打ち上げてパレードでもしようという気分だったとは言わない。ただ……平穏だった。

話が終わったとき、ミシェルは長いことわたしを抱いていた。それから一歩引いて、探るようにわたしを見た。「何年も、あなたがそう言うのを待っていたの。彼女は毒よ。電話で話したり、会いにいったりしたあとで、あなたがクソみたいな気分になっていなかったことはない」

それはまちがいなかった。「だけど、少しは辛かったりするべきじゃないのかしら？　ぜんぜん平気なんだけど」

「壁に頭をぶつけるのをやめたみたいな？」

わたしは微笑んだ。「ちょっと、そんな感じね。でもやっぱり……」

「何か、気分が悪いこともあるかもしれない。でもそれは、実の母親と何一つ近しいものがなかったと、ついに認めたからでしょう」ミシェルは腰に両手を当てた。「罪悪感を覚えるなんて、わたしが許さないわ」

わたしは本当にミシェルに感謝していた。彼女は無二の親友で、わたしは彼女を姉妹のように愛している。でもそこで、セレストを切り捨てたことの余波に思いが及んだ。「母の友人は、わたしのことをひどい娘だと思うでしょうね。ジャックもね」彼女の友人の大半のことは好きでもなかったから、たいした喪失ではない。でも義父は、高校で無駄な時間を過ごしていたわたしを救ってくれた。彼がセレストともっと早く出会っていてくれればよかったのにと思う。「なぜかしら、ほかの誰も、彼女の嫌な部分が見えないみたい」

ミシェルは眉をひそめた。「それはわからないけど、でもいま言ったことを考えてみて。もし彼女のお友だちは同じような扱いを受けていないとしたら、どういうことだと思う？　彼女はあなたに対して、あえて選んであいう扱いを取っているということよ。ジャックについては意見がちがう。彼はいいひとで、頭もいい。あなたがそうするのには、ちゃんと理由があるにちがいないと察してくれるでしょう。それに、彼が何を見ているか、わからない。あなたが思う以上のことを見ているかもしれない。だって、彼女は彼と一緒に住んでいるのよ。浴槽を共有する人間には、いいところばかり見せられないものよ」

わたしは両耳をふさいだ。「きゃっ。どうもありがとう」

二人して笑い、数分後、お互いに仕事に戻った。

わたしはまだ、ほかにも心配するべき事案があったので、ファイルを引っ張りだして仕事にとりかかった。判決メモの途中で、ミシェルからインターコムのブザーが鳴った。

「お友だちのリカルド・オロスコを覚えてる？」

ギャングの一員で忌々しい殺人犯。「覚えてないと言いたいわ」

「彼の父親が予約を取りたいそうよ」

わたしはそれを、一瞬考えた。「なんのためにか、言ってた？」

「いいえ。新しい事件は引き受けていないと言っておく？」

わたしはかぶりを振った。「いいわ、予約を入れて」

ミシェルはそうすると言い、わたしは判決メモに戻った。

アレックスが帰ってきたとき、七時半になっていた。彼が一人きりで動いたのは今日が初めてで、彼はそれを気に入ったようだった。わたしの部屋で座ったとき、彼は真剣な表情をしていたが、その目は輝いていた。彼はわたしのファッションに関する助言を真面目に受け止めて、くたびれたジーンズをはき、Tシャツはそれを着て洗車したような様子で、コンヴァースのスニーカーは紐がなかった。「いい服装だわ。周囲に溶けこむのね」

アレックスは自分の衣類を、轢死(れきし)した動物か何かを見るように見下ろした。「ぼくのじゃない。妹の恋人の弟から借りた」

「なんでもいいわ。うまくいったでしょう?」アレックスは渋々うなずいた。「それで、何がわかったの?」

30

アレックスはズボンのポケットからノートを取り出した。「あの晩当直だった内勤の巡査部長はいなかった。でもデイルはどこでその中毒者を逮捕したかを教えてくれたから、そこへ行って、薬を買いたいふりをしていた。あなたの言うとおりだった。彼はデイルに逮捕されたのと同じ場所にいた——ハリウッド大通りの、グラウマンズ・チャイニーズ・シアターの前だ。ルーク・スカイウォーカーのなりをして、格好をつけて観光客と写真におさまっていたよ」

多くのアンフェタミン常用者が、そうやって金を稼いでいる。オハイオ州デイトンから来たスージーに腕を回して、カメラに向かって微笑みながら、スージーのハンドバッグの中に手をさし入れて、財布を盗む。「デイルから、なぜその男を逮捕したのか聞いた?」デイルは小さな路上犯罪担当ではなく、殺人課で働いていたはずだ。

「デイルはこの男を——ちなみに、名前はフリップだよ——信号無視による呼び出し状に応じなかったとして捕まえた。でも本当の理由は、フリップは走行中の車からの射撃事件の目撃者で、刑事たちを避けていたんだ」

「それで、フリップはなんて？」

「彼とジェニーは、留置所にいたときに少し繋がりがあった。ポン引きは彼女を保釈しないはずだった、収入をごまかしていたのがばれたからだ。ポン引きに見捨てられて、住む場所もなくなった。フリップは彼女に、一緒に泊まってもいいと言った」

――アレックスはノートを一ページめくった――「サンセット大通りの、コロナド・テラスの先のホテル・ワシントンにね」

「ポン引きに収入をごまかしていた？　それは使えそうね」そんなことをする度胸があるなら、デイルをゆすろうとする度胸もあったかもしれない。

「それは、ぼくも考えた。それであそこへ行って、薬の売人を探しているようなふりをした」

「みごとな判断ね、アレックス」

彼は軽く頭を下げた。「ありがとう。本によると、ときに必要とあれば――」

「何がわかったか、教えて」

「いい本だよ、サマンサ。読んでみるべきだ」わたしは彼を睨んだ。彼はため息をついて続けた。「ジェニーの友人だったという男を見つけた」彼はまたノートに視線を落とした。「ボゾと名乗った――名字はない――でも、また彼を見つけられると思う。二年ほどそこにいる。彼女はオレンジ郡でやった詐欺行為について話すのが好きだったそうだ。どこまでが真実だったのかは、定かではない。でも、郡から大金を払わせる方法を思いついたとも、言っていたそうだ」

わたしは背筋を伸ばした。「たとえば、警察官に強姦されたと訴えるとか？」

「それに近い。彼女はオレンジ郡で、警察官に乱暴されて署を訴えた女の子を知っていると言った。一万五千で折り合いがついたそうだ。ジェニーは、自分もそんなうまい取引がしたいと言っていた」

わたしは座りなおした。ますますいい感じになってきた。「いいじゃない、アレックス。それで、ジェニーの〝友人だった〟というのは、どうしてなのかしら？　彼女は引っ越しでもしたの？」

「逃げたと言ったほうがいいかな。ジェニーは彼から盗みを働いた。彼が彼女を最後に見た夜、二人は彼の部屋にいた。彼はハイになってた。彼女は酒を飲んで――」

「彼は何を使っていたの？」

「オキシーだ」

「オキシー？　そんな連中にしては、ずいぶん高価なものを」

アレックスはうなずいた。「だから、彼もすごく怒ってるんだ。彼は妹からその薬を買った――いや、実際は盗んだんだ。妹は自動車事故に遭って、処方箋を持ってた。いずれにしても、ボゾが居眠りをして、目を覚ましたとき、隠してあった薬は消えて、ジェニーもいなかった。それ以来、彼女の姿を見ていないってさ」

「それはいつのこと？」

「一年ぐらい前だ」

彼女がデイルを脅迫したのと、ちょうど同じころだ。「彼女がどこへ行ったのか、彼は知ってるかしら？」

「いいや。探したそうだけど……」

わたしは微笑んだ。「彼はアレックス・メドラノじゃないものね。ジェニーは新しい居場所を探したにちがいないわ。まったく別の場所をね」

「そうだな。オレンジ郡に帰ったのかもしれないけれど」アレックスはかぶりを振った。「彼女は正真正銘の売春婦だ――金で体を売るという意味じゃない。近づいてくる人間は、誰でも火傷(やけど)する」

ぬか喜びしたくなかったが、どうやらデイルは真実を話していたようだ。わたしはほっとした。その気持ちは、裁判に対する心配の範囲を超えているとわかっていた。

「よくやったわ、アレックス」

「彼女をもっと探そうか？」

「いいえ。この女性は嘘をついたと認めたりはしない。もしいま姿を現わすようなことがあったら、強姦の訴えは正しいものだったと主張するためだけよ」彼女には近づかないほうがいい。

「この話をマスコミに提供する？」

「危険ね。彼女のことをこきおろしたら、ザックは、彼女を見つけ出しても失うものは何もないと判断するかもしれない」

そして警察に彼女を見つけさせ、彼女を身ぎれいにさせ、人前に立たせてデイルについての話が真実だと言わせる。わたしたちにとってすでに悪い報道が、さらに悪化する。

「でも彼女は見つからないかもしれないぞ。ザックだって、アレックス・メドラノじゃないからな」彼は微笑んだ。「それに、たとえ彼女が見つかっても、この情報があれば彼女の信憑性はなくなる」

考えてみたら、たしかにアレックスの言うとおりだ。ボゾはジェニーの唯一の敵ではないはずだ。彼女を探しているボゾのような連中がたくさんいて、だから彼女は発見されたくないのだろう。ということは、ザックが彼女を探し出す可能性はない。この強姦の訴えを疑う根拠を世間に示すのは、早ければ早いほどいい。「いいわ。これをトレヴァーに提供する」

今回は、テレビより印刷媒体のほうがいい。世間に詳細を伝えたい。しばらくのあいだ、この記事が出回っていてほしい。いま発表してそれを広めておけば、もしザックが彼女を探し出したとしても、世間は彼女の主張を信じたりはしないだろう。

31

わたしはトレヴァーに電話をかけた。「リークした人物を突き止めるのと引き換えに、情報の前払いをするわ」

「聞こうじゃないか」

わたしはジェニー・ノックスについての話をした。「全部、裏付けができる。リークについてはどう?」

「まだ何もわからない、でも調べているよ」

電話を切ったとき、もう八時を過ぎていた。わたしは自分の部屋を出て、大声で言った。「そろそろ切り上げましょう」アレックスが彼の部屋から出てきた。「明日、ペイジのモデル事務所に行くべきだと思うの。ミッチー、明日のわたしの予定はどうなってる?」

ミシェルはコンピュータの画面にカレンダーを出した。「デパートメント一二五に十時半。デショウン事件の確認よ」

それは、長くはかからないだろう。保安官事務所の鑑識が、指紋とDNAについて銃を調べた。デショウンのものと合致するものはなかった。だがロサンゼルス市警(LAPD)の証拠物保管室の監視カメラの映像は使えなかった。カメラは——疑わしいことに——銃がデショウンの車で発見される前の週のあいだ、〝機能不全〟だったという。証拠の銃を誰が持ち出したのか、記録はなかった。それでデショウンは訴えの却下を勝ち取ったが、アンブローズ警察官も罰を免れた。

「デイルにジェニーについての話を伝えるために、まずはツインタワーに寄るわ。デショウンの審問は五分ほどで済むから、そのあとでペイジのモデル事務所に行く時間があると思う。アレックス、それに一緒に行ってほしいの。わたしの車で行ってもいいし、事務所で会ってもいいわ」

「一緒に車に乗っていく。デイルとぼくは、もう兄弟だ」

わたしは眉を上げた。「あなたとデイルが……それ以上に奇妙なことはなさそう」

「最近じゃ、そうでもないわ」ミシェルは言った。

アレックスに、七時半までにはうちに来てくれと言った。朝の混雑と拘置所での待ち時間を考えて、デイルに会うのは九時半ぐらいになるだろう。

ほぼ予想どおりだった。看守がデイルを連れてきたとき、九時四十五分だった。彼は、まあまあ元気そうだった。踝と腰をつなぐチェーンがなかったら、足取り軽く現われたと言ってもよかった。

わたしは通話機を手にした。「そのパンク・メタル風なもの、具合がいいみたいね」

彼は微笑んで、手錠のついている自分の手を眺めた。「ここにいるあいだに、刺青を入れようかな。首にクモの巣を二つ。二頭筋に輪の模様」

「ナイフの刺さった心臓はやめてね」

「陪審に誤解されるかもしれないからか？」

「いいえ、ただ、わたしが嫌いなだけ。わたしたちが手に入れたジェニーについての情報を聞いてるわよね」

「ああ。署のやつが二人、今朝やってきた」彼はアレックスを見た。「きみだったのか？」アレックスはうなずいた。「よくやった」

彼のところに面会者があったと聞いて驚いた。「どうだった？　ここで、警察の仲間に会うというのは？」

デイルはカウンターに目を落とした。「会えて嬉しかったよ。ここにいる姿を見られるのは、さほど嬉しくなかったけどな」

今のような様子で警察官仲間に会うのはどんなものか、想像するしかなかった。

「署からは、何か批判を受けた？」

デイルはかぶりを振った。「自分で知ってる以上に、警察には友人がいたとわかりかけてるところだ」

それを聞いて、嬉しく思った。「ここでは、どう？　看守たちの対応は大丈夫？」

「大丈夫どころか、けっこうなものだよ。文句は言えない。とはいえ……ほら、していないことについて捕まっているわけだからな」彼は一瞬、歪んだ笑みをみせ、それからわたしをじっと見た。「きみはどうだ？　どんな騒ぎをこうむっているか、心配していたんだ」

「誰から？　世間から、それともセレストから？」

彼は無表情でわたしを見た。「きみの母親が殺しの脅迫状を送ってくることはないと、ほぼ確信しているが」

「わたしは意見がちがう。だって彼女はわたしの住所を知ってるし」デイルは困惑したような表情をしたが、彼女を切り捨てたことを彼に言いたくはなかった――アレックスが近くにいるところでは。ザックが裁判を大陪審に持ちこむと決めたニュースを話した。デイルは、それが最善だと同意した。それからわたしは、その日の予定を話した。

「そうか、とにかく慎重にしてくれ。きみはますます知名度が上がってる。だから、気をつけて」彼はアレックスをちらりと見た。

アレックスはうなずいた。「彼女を無事に連れ返しますよ」

わたしは腕時計を見た。十時を過ぎていた。「法廷に行かなくちゃ。明日か明後日、また最新情報を届けにくるわね」わたしはアレックスを見た。「あるいは、わたしのボディーガードに来させる」

わたしたちは裁判所に向かった。アレックスに、角の向こうにベウラを停めて、そこで待っているように頼んだ。「長くはかからないから」

本当にそうだった。レイモンド裁判官の法廷に、始まる一分前に飛びこんだ。リタ・スタンプが鑑識の報告書を記録のために読み上げた。わたしは訴え却下の申し立てをし、裁判官がそれを認めた。アンブローズ警察官はその場にいなかったが、裁判官はリタに、監視カメラの件では〝疑わしいほど幸運だった〟とアンブローズに知らせるようにと言った。

階下に行ったとき、見知らぬレポーター、笑顔がすてきな若そうなアジア系の男性が駆け寄ってきて、裁判で何か進展があったかと訊いた。ジェニーの件でテレビに喋るつもりはなかったが、たまたまこんな機会ができたので、話をしても害はないだろうと考えた。その記者に、ごく簡単に概略を話した。

話が終わったとき、記者――ケンドールという名前――は、文字通りわたしの手にキスをした。

「市庁舎での会合を取材してきました」彼はあきれた顔をしてみせた。「退屈だったなあ。イーディの夫、オーブリーがいたから、かろうじて目を覚ましていられた。それで、何かおもしろいことがあるかもしれないと思って、急遽こっちに来たんです」

ケンドールはにやりと笑った。「ついてました」

イーディが州の議員と結婚したのは聞いていた。「当てましょうか。そうねえ。自分たちの昇給について話し合っていたのかしら」

「いや、オーブリーは若い有権者を狙って、州立大学のための資金について盛んに主張していた」

そのような人物と握手している姿は、陪審候補者に対して信頼性が増すかもしれない。イーディには貸しがある。お膳立てを頼もう。デイルがわたしの父親だというスクープを提供したのだから。でももうそれは〝十分前〟の話だ。彼女の鼻の下に何か新しいものをぶらさげる必要がある。「まあ、あなたの一日に刺激を加えられてよかったわ」わたしは歩道に向かった。

「ありがとう、ミズ・ブリンクマン！」

わたしは肩越しに手を振った。「サムと呼んで」その区画を走っていって、角の向こうにアレックスを見つけた。

「運転する？」彼は訊いた。

「モデルズ・インクの場所は知ってるわよね？」彼はうなずいた。「じゃあ、行って」

アレックスは高速道路に向かった。「意味があるかどうかわからないけど、デイルのジェニーについての話は本当のような気がするな」

「反社会的な犯罪者は——特に頭のいいタイプは——口がうまいものよ」わたしは客観的でいようと努力していた。彼を信じたい気持ち故に、真実を見失うわけにはいかない。彼はクロエと別れたことや、強姦の訴えについて、わたしに話をしなかった。もっと何かあるかもしれない。ジェニーに関するデイルの話が解決しそうだからといって、彼が無実であることにはならない——何についてもだ。「デイルがわたしたちに対して演技をする理由はたくさんある。彼が終身刑になるかどうかは、わたしたちしだいなんだから」

正直なところ、ほとんどの依頼人がこの論理を理解していないようだ。彼らは普通、信用できないところから始まり、どんどん不信感が増していく。被告側は訴追者あるいは裁判官と対峙すると思われている。真実はというと、最も神経をすり減らす相手は依頼人だ。

「そうだね」アレックスは息を吐きだした。「でも、彼が駆け引きを仕掛けてるかもしれないと心配なら、ぼくのことも信じる気にさせたと知らせておくよ」

「ありがとう、アレックス」わたしは微笑んだ。「わたしたち二人を相手にできるぐらい、巧みだってことね」

彼はわたしをちらりと見て、微笑み返した。「そうらしい」

ペイジがいたモデル事務所はハリウッドにあった。モデルズ・インクという名前から、洗練されて近代的な場所を想像した。それから、住所に気づいた。

麻薬中毒者や売人や売春婦の蔓延するセントラルだ。ウィルヘルミナ・エージェンシーを期待したりはしなかったが、アレックスが車を縁石に寄せたとき、わたしは我が目を疑った。そこは何年も前に使用不適と宣告されたような建物だった。見える範囲にあるいくつかの窓は、汚れがこびりついているか、段ボールで覆われている。ドアは、かつては赤かったらしいという名残がかすかにあるが、単なる板切れといってもいい状態で、上部にある小さな窓は汚れていて、近づいてそこから中を覗こうという気にもなれない。

アレックスはドアノブを回してみて、それからドアを蹴って開けた――手をジーンズで拭いた。ドアの向こうは暗くて狭い階段室で、カビくさくて荒廃していた。階段の手すりをつかむと、それは揺らいだ。たわんで埃っぽい段を靴で踏みつけて、二階へ上がった。

エージェンシーというのは一つの四角い部屋で、机と古そうなコンピュータがあった。厚化粧で鼈甲（べっこう）縁の眼鏡をかけた、ずんぐりした女性がキーボードを打っていた。若くてあまりパッとしない女の子たちが、シンディ・クロフォードやジゼル・ブンチェンのような有名モデルの映画広告サイズのポスターが貼ってある壁に沿って、椅子に座っていた。女の子たちは髪の毛を払ったり、携帯電話の画面をスクロールしたりしていた。二人ほど、わたしたちのほうを見上げたが、すぐにスクロールに戻った。

わたしは机にいる女性に近づいて、ポスターを指さした。「かつての所属モデル？」一秒たりともそんなことは考えなかったが、協力を得るために点数を稼ぎたかった。

女性は冷たい、〝わたしにかまわないで〟といった目つきでわたしを見た。わたしたちを見て、それからわたしに首を振ってみせた。「あなたは使えない。年を取り過ぎているし、ブルネットの子は足りてる」彼女はアレックスに目を向けた。「あなたは何かできるかもしれない。下着はやる？」

「わたしたち、モデルじゃないの」わたしは自己紹介をして、どうしてここに来たかを説明した。

彼女はアレックスに目を戻した。「残念ね」それから机の上の紙を何枚か動かした。「モデルたちの私生活には関わらないから、ペイジの友人についても知らないわ」

「彼女の最後の撮影について、何か話してもらえない？よく仕事をしていたのはどこだとか？」アレックスはペイジのフェイスブックで、撮影中に写したような写真を二枚見つけていた。その一枚には、ペイジがほかのモデル二人と一緒に写っていたが、その名前は書かれていなかった。

女性はコンピュータのキーをいくつか叩いてから、眼鏡を上げ、画面を覗きこんだ。「彼女はヒップホット・コムでたくさん仕事をしてたわね。アマヤ・ホリガンと一緒に派遣することが多かったみたい」彼女はわたしたちを見上げた。「ほかに何か？」

アレックスは、鋼でも曲がりそうな温かい笑みを見せた。「その、アマヤには、どうやって連絡をしたらいいかな？」

女性はアレックスから、わたしへと視線を動かした。デート斡旋はしていないとでも言われるかと思ったが、彼女はいくつかコンピュータのキーを打ち、名刺を出して、そこに何やら書きつけた。それをアレックスに渡した。「彼女に連絡するときに使う番号よ。下に書いてあるのはうちの番号――気が変わったときのためにね」

三十秒後、わたしたちは歩道に立っていた。もっと収穫があるかと期待していたのだが、臭い穴倉から出られて残念だとも言えなかった。

アレックスはしかめ面をして、名刺をわたしによこした。「まあ、簡単だったわね」

わたしたちは車に乗った。わたしはアマヤの略歴を調べた。「寂しくて、不快だった」な髪を長く伸ばした浅黒い肌の女の子が、小首を傾げて笑いかけてきた。可愛らしい、まっすぐフェイスブックにあった写真の女の子の一人みたい」赤信号で止まったとき、その写真をアレックスに見せた。「ペイジの

「ああ、その一人だね」

わたしはアマヤに電話した。出なかった。ペイジのことで話があると、メッセージを残した。被告側で働いている者だとは言わなかった。過剰な情報を提供する必要はない。お腹が鳴るのを感じた。「お腹が減ったわ。〈ピンクス〉に行く?」〈ピンクス〉は世界一おいしいホットドッグを作る小さな家族経営の店だ。そこのチリ・ドッグとハンバーガーは、宗教的体験だ。一区画先まで行列ができていないことはない。

「名前を聞いただけで涎が出る」

もうすぐ着くというところで、電話が鳴った。

32

アマヤだった。「あの弁護士なの？　父親が――」

「そうよ」沈黙。「切らないで。ペイジの汚点を探しているわけじゃないの。いくつか、事件の背景について訊きたいのよ」さらに沈黙。

ようやく、アマヤは喋った。「少なくともここ一ヵ月は彼女と会っていなかった。どんな役に立てるのか、わからない」

「かまわないわ。どこにいるの？」

「仕事中よ。〈スパイクス〉。メルローズの」

そこなら知っていた。〝どくろと匕首（あいくち）〟風の服を売る店だ。ここから近かった。

「〈ピンクス〉に来ない？　おごるわ」

「十分で行く」

〈ピンクス〉の魔法だ。

アレックスとわたしは列に並んだ。次がわたしの番になったとき、アマヤが現われた。彼女は直接会うともっときれいだった。モデルズ・インクよりましなところでも通用しそうだと思った。でも、わたしに何がわかるというの？

わたしたちはそれぞれにチリ・ドッグと水を買い、小さな小屋の奥のテーブルについた。チリ・ドッグは会話で遮るのがもったいないほど美味しかったので、まずは食べた。食べ終わってから、わたしはアマヤに、ペイジとどれくらい親しかったのかと訊いた。ものすごく親しいわけではなかったことがわかった。

「彼女と仕事に行くのはいつも楽しかった。彼女は人間的だったからよ、わかる？すごく競争が激しくて、たいていの女の子は足を引っ張って、たいしたお金にならない仕事のために唾を吐きあうの。でも、ペイジはクールだった」

「彼女の恋人のことは知ってた？」

「マークだけ。彼も、恋人だったのかどうかわからないけど。彼はスーパー・タレンツで働いてる。撮影で知り合ったみたいよ」

「じゃあ、マークはモデルなの？」アマヤはうなずいた。「ペイジは彼のことをなんて言っていた？」

アマヤは口を拭いた。「あんまり話さなかったわね。数ヵ月前に二人と一緒に撮影をして、二人が親しいような印象を受けた。二人は……二人でいるとき、すごくリラックスしてた」彼女はため息をついて、左のほうへ視線をずらした。「彼があんなことになって寂しいわ」

わたしは身を乗り出した。「何があったの？」

「溺れたのよ。数日前に死体が見つかったばっかりよ。コロニーの下の海岸に打ち上げられたって」

「マリブのコロニー？」アマヤはうなずいた。「マークの名字は知ってる？」

「パーマーよ。インターネットで読んだばっかり。一緒に撮影したのは一回きりだった、でも……」アマヤは一拍おいた。「ひどいことを言うようだけど、彼が死んだと聞いても意外じゃなかった。ペイジは彼がかなりのパーティー好きだと言ってて、実際会ったとき、彼の話し方からも、それがわかったわ」

「どうして？　彼はなんて言ったの？」

アマヤは肩をすくめた。「前の晩どんなふうにハイになったかとか、パーティーが二日続いたとか、そんなことよ」彼女はかぶりを振った。「二日も続くパーティー？　撮影の前日の夜に？　おかしいわ。わたしなんか、撮影の前の夜はワイン一杯だって飲まないわ。むくんで腫れぼったくなっちゃうでしょう？」

「そう、困ったものよね。彼は、誰とパーティーしてたのかは言ってた？　たぶんペイジじゃないのよね」

「ええ、ペイジはそんなことはしなかった。彼女は仕事を真剣に考えていたわ。彼が誰と一緒だったかは聞かなかった。でもペイジの反応から、それがマークのやり方（MO）だったみたい。ペイジは笑い飛ばすみたいな感じで、マークは容姿がよくて幸運だと言ってたわ」

アレックスは携帯電話の画面をスクロールしていた。そして今、それをアマヤに見せた。「これが彼かな？」アマヤはうなずいた。

とてもハンサムな――きれいだとも言える――若い男性の宣材の顔写真で、セクシーな笑みを浮かべ、黒髪が青い目の片方にかかっている。右肩をカメラのほうに向け、長くて色の濃い睫（まつげ）の下からレンズを見詰めている。

名前と顔。すばらしい。ただし、彼と話はできない。なるほど。「ペイジが、ミスター・パーフェクトと呼ぶ男性について話しているのを聞いたことはあった？」

アマヤは眉をひそめて、かぶりを振った。「本当に、お互い、個人的なことは話さなかった。彼女がマークについて話したのも、たまたま撮影で一緒になったからよ」

わたしはもう少しその話題を続けたが、役に立ちそうなことは何も得られなかった。

アマヤに礼を言って、帰らせた。彼女は裏口を出て駐車場に行き、わたしは車を縫って歩いていく彼女を見送った。マークとペイジ、友だちだった二人が死んだ。それも近い期間に。これは、何かあるかもしれない。「マーク・パーマーについて調べて。彼の友人がペイジを知っていたかどうか。でも、あまりがんばらなくていいわ。一日か二日で成果がなかったら、放ってしまってかまわない」

マークはザックがよこした開示された証拠のどこにも登場しなかったので、たぶん端役なのだろう。あまり見込みのないものに時間を浪費したくはない。

アレックスの車に向かっているとき、わたしの携帯電話が鳴った。

ミシェルだった。「ニュースを見た？」

「いいえ。スーパーモデルと楽しくやっていたんだもの、覚えてるでしょう？」

「ジェニー・ノックスが見つかった。死んでたわ」

33

わたしは急に立ち止まり、スケートボードに乗った若い子に追突されそうになった。一瞬、ミシェルの言ったことを理解できなかった。「待って。車に乗って、スピーカー通話にするから」車の中に座ってから訊いた。「どこで見つかったの？」

「死体保管所よ」

「え？　いつからそこにあったの？」

「約一年前。絞殺されていた。死体はごみ収集容器の中で見つかったそうよ」

頭の中でその含意を押しのけようとしながら、わたしは息を詰めた。「どうして……なぜ、今それがわかったの？」

「死体が見つかったとき、身分を証明するようなものが何もなかった。〝ジェーン・ドゥ〟として死体保管所におかれて――」

「どうして今わかったのか、書類に何か書いてある？」

「開示された証拠には、何もなかったわ。ニュースで見たのよ。あちこちに出てる。テレビでしょ、〈デイリー・ビースト〉でしょ、〈デッドライン〉、ツイッター」

ダッシュボードに頭を打ちつけたかった。「あなたは冗談を言ってるにちがいない」

「そう、わたしったら、いつも死んだ売春婦について冗談を言っちゃうのよね。いずれにしても、ザックが何かを教えてくれるみたい。数分前に電話があった」

「強姦の訴えからどれくらいあとに殺されたのか、報道は？」

ミシェルはため息をついた。「ええ。彼女が訴えを出してから、一週間ぐらいあとだと言ってるわ」

わたしは通話を終えて、フロントガラスの向こうを見詰めた。明らかに関連があるのを理解して、気分が悪くなった。デイルにはこの女性を殺す立派な動機がある。そしてタイミングは恐ろしいほどぴったりだ。

「ちくしょう！」わたしは前に屈んで、両手で頭を抱えた。山が頭上に転がり落ちてきたような気分だった。

アレックスはため息をついた。「たしかにタイミングはまずいけど、彼女を憎む理由があったのは、デイル一人じゃない。この女性にはたくさん敵がいたんだよ、サマンサ」

「だけどその誰も、彼女を強姦したと訴えられてはいないし、彼女のために仕事を失う可能性があったわけじゃない」

「地区検察官は、これを公判には持ちこめないだろう？」

「関係ないわ。陪審候補者が、デイルが女性を一人殺していると考えたら……」

アレックスは小声で悪態をついた。「今では、単なる強姦の問題じゃなくなったわけだ。彼の容疑を晴らすべき殺人事件がもう一つできた」

わたしは惨め過ぎて声も出せず、うなずいた。あまり時間はない。大陪審による正式の起訴は、いつおこなわれてもおかしくない。六十日中に、公判に入るということだ。「ツインタワーに行って、この件についてのデイルの言い分を聞いてみたほうがいい」

わたしはデイルに会いたくなかった。またもや彼がわたしに対して隠していたのかもしれない事実に、直面したくなかった。彼はまた、面と向かってわたしに嘘をついた。のかもしれない。彼の誠実そうな表情を見て、〝心からの〟謝罪を聞くと思うと、胃がよじれるようだった。それもこれも、反社会的な人間による大げさな演技にすぎない。

アレックスが運転をする傍らで、わたしは携帯電話を手にしてザックの番号を見つけた。彼と話したくはなかった。でもデイルと会う前にいくつか情報を入手しておく必要がある。

「地区検察官オフィス、ザック・チャスティンです」

「サマンサよ」

「わたしがこの話を外に出したわけじゃない。誰が——」

「そう、どうでもいいわ」ジェニー・ノックス殺害は公式記録だ。誰でもこの件について、情報を提供できる。「いつ、どこで死体が発見されて、死亡時刻はいつなのかしら?」わたしは弁護士のモードを取り戻し、欠落部分を探した。もしデイルになんらかのアリバイがあったら、波風を起こすことができる。

「待ってくれ」紙をがさごそいわせる音がした。「一月八日、午前五時ちょっと過ぎに死体が発見された。ハリウッドのセルマ・ストリートのごみ収集容器の中にあった。検視官は死亡時刻を、七日の午後十時から八日の午前二時か三時のあいだとしている」

「容疑者については何がわかっているの? 指紋は? DNAは? 繊維とか?」

「これまでのところ、ない。すべてを調べなおすはずだ」

「どうして今、彼女だと判明したの?」

「うちの捜査担当警察官に、検視官のオフィスにあるこの一年の身元不明の女性の指紋を全部調べさせた。警告しておくが――もしこれをデイルと結びつけられたら、公判に持ちこむように動くつもりだ」

もし彼がそれに成功したら、わたしたちは破滅する。誰かがザックに、会議が始まると声をかけるのが聞こえた。「もう切るよ」彼は言った。「知ってるだろうが、保安官はリークについての調査を進めている。昨日、ぼくは供述書を出した」彼は一瞬間をあけて、咳払いをした。「つい忘れてしまうんだが、きみにとっては、さぞかし困惑することだろうね。どんなものか、想像もできないよ」

「ええ、わたしもよ。いつ報告書がもらえるかしら？」

「あと一時間もすれば、現時点であるものは全部――」

「いいわ、ありがとう――」

「待ってくれ」彼は咳払いをした。「法廷で汚いことを言って悪かったと言いたかったんだ。きみが近い位置にいすぎるとかなんとか……いろいろとね。言い過ぎだった」

彼はわたしの士気を弱めて、とどめを刺そうとしているのか？　油断させようとしているのだろうか？　それとも……信じられないし、ありそうにないことだが、本気で言っているのだろうか？「ありがとう」

ダウンタウンへ車で向かう道のり、わたしは理想的なアリバイについて夢想した。デイルはその晩、ホームレスのための給食施設で働いていたとか、家出人のためのシェルターで働いていたとか、小児病院の癌病棟のための資金調達パーティーで無料で警備をしていたとか。

彼はそのようなこと――ほんの少しでも似たようなこと――を一切していなかったから、こんな夢想が現実になることはないとわかっていた。予備として、彼が別の犯罪現場に縛られていて、そこで五十人もの警察嫌いな（これでアリバイの真実性が増す）市民に見られていたというのでもいい。でも、どうだろう、五人の市民……三人……いや、一人の年老いた酔っ払いでもいい。

ツインタワーの出入口に近づいていくさい、アレックスは立ち止まった。「サマンサ、もしきみがそのほうがいいなら、ぼくは外で待っていてもかまわない……」

「いいえ、あなたはこの裁判の調査をしてる。彼がこの件について何を言うか、あなたも聞いておく必要がある」それにわたしは、デイルと二人きりになりたくなかった。

代理人室へ向かっていきながら、わたしは胃がむかつくのを感じていた。またもや強姦の訴えのやりなおしだ――それも以前より、はるかに悪化している。デイルがジェニー・ノックスを殺したとは思いたくないが、殺したと考える公算のほうが高いとわかっていた。彼がなんと言おうとだ。もう、彼の演技に騙されない。彼に対する信用が繰り返し打ち砕かれて、わたしはそのつど傷つき、くたびれ果てた。もうこれ以上、そんなことはできない。

看守がデイルを連れてきたとき、彼は微笑んでいた。彼は知らなかったのだ。好都合だ。彼の反応を見定めるチャンスだ。

わたしは通話機を取った。「ジェニー・ノックスが見つかったわ」わたしはそこで言葉を切り、彼の顔を見た。「死んでいた」

彼は目を見開いた。「え？　なんだって……」彼は額をこすった。数秒して、ようやく目を上げた。「誰が殺したんだ？」

わたしは彼を見詰めた。

彼は身を乗り出して、わたしたちとのあいだを隔てるガラスに片手をついた。「サマンサ、わたしはやってない。誓ってもいい。信じてくれ」

いいパフォーマンスだ。でもそれを言うなら、いつだってそうだった。わたしは〝法律家の基礎〟を思い出した。「わたしが信じるかどうかは問題じゃない。陪審候補者たちは、あなたがやったと思うわよ。あなたには動機があったから。彼女は絞殺されたと聞いているけど、まだ検死報告書は見てない。一年前のあなたの予定を思い出してちょうだい。特に、一月七日の夜から一月八日の早朝よ」

「何曜日だったかな――」

「火曜日ね」ここで言葉を切って、彼に記憶を掘り起こす時間を与えた。「どこかで仕事中だったということはない？」

彼は少しのあいだ、わたしの肩のあたりを見詰めていた。「そうかもしれない。でも、たしかじゃないな」

「今すぐに、犯罪現場にいたかどうか思い出すことはできないでしょう」彼は一瞬考えこんで、それからかぶりを振った。覚えているとは期待していなかった。一年以上も前のことだ。「署から、あなたの就業記録を取り寄せる。とりあえず犯罪現場にいなかったとしたら、誰か、一緒にいた可能性のある人物はいる？」

彼はこめかみをこすった。「リック・サウンダーズ……ネイト・フレミング……イグナチオ・シルヴァ……ラリー・スコフィールド」彼は言葉を切って、目の前のカウンターを数秒見詰め、それから頭を振った。「それぐらいだ」

アレックスは名前を書き出した。

「みんな、刑事？」彼はうなずいた。「ハリウッド署の？」

「リックとネイトはそうだ。イグナチオはランパート、ラリーは……今はどこにいるのか、はっきりしないな。ウィルシャー署に移りたがっていた」彼は髪の毛をかき上げた。てっぺんの髪が立ったままになった。

「今すぐ、まともな反撃が必要よ。カメラの前であなたについて有利なことを言えるひとはいない？　警察官は役に立たない。あなたを助けようとするだろうと思われてるから。民間人がいいわね。家族とか、子どものころの友人とか、大学時代の友人――近所に住んでいるひとは？　女性だったらなおさらいいわ」

デイルは落胆した様子で、ゆっくりと頭を振った。「母はしばらく前に亡くなった。父は認知症だ。フェニックスの介護施設にいる。妹もそっちにいるが、何年も喋っていない」

「どうして？」その言葉を口に出しながら、ほかの依頼人にはしない質問だと意識していた。

彼は目を逸らした。「なんとなく連絡が途絶えた。ちがう生き方……彼女は警察があまり好きじゃない」彼の声が弱まり、少し黙りこんだ。ようやくわたしを見たとき、彼はため息をついた。「カレンはサクラメント近くに住んでいたとき、違法な薬草栽培で逮捕されたんだ」

「助けてあげたの？」

「彼女に有利なことを述べた書類を提出したが、たいした役には立たなかった。サクラメントの警察署はLAPDの警察官の言うことなど、気にしてくれない」

だが、なんにせよ彼女はデイルに反感を持っていたように聞こえた。「酌量すべき情状というようなものになる。彼女が何か言ってくれるとは思わない？」彼は頭を振った。残念――妹はいい感触を作れただろうに。それにマリファナの栽培の逮捕歴があれば、若い陪審員に好印象だったかもしれない。最後にわたしは彼にリザと会ったことを言った。彼女はすばらしい、きっといい印象を生み出せると話した。「彼女の話から、彼女の母親はあてにできそうにない、でもリザはあなたの味方で――」

デイルは目を光らせ、カウンターを叩いた。「だめだ！　前に言っただろう。あの子をこの件に巻きこむな！」

看守がテーザー銃に手をかけた。わたしは看守に向かって首を振り、片手を上げた。〝大丈夫〟と、口を動かした。わたしはデイルを見た。彼はひとを寄せつけない、険しい顔をしていた。「リザは役に立つと思う。でもあなたが代償を払っていいというなら――」

彼はわたしの目をまっすぐに見て、静かだがかすかに威嚇の感じられる口調で言った。「かまわない。それでいい」

必ずしも彼に決めさせなくてもよかったのだが、そのようにしようと思った。依頼人の多くとちがい、デイルはもし有罪になっても、わたしのせいだとはしないだろう。それに、代償を払ってもいいという彼の態度は感心できた。「友人はどう？」

「連絡を取り続けていない。大学時代の友人が一人いた――ルイ・ダンジェロだ――でも、警察学校に入ったとき、音信が途絶えた」

「昔の恋人は？」

デイルは寂しそうに笑い、かぶりを振った。「元妻たちだけだ。クロエと会うまで、十五年近く、誰ともつきあっていなかった」

困った。女性も民間人もいないとなると、広報面がいかにも弱い。唯一のアリバイは、警察官の同僚だ。急に足元が不安定になった。なんとか持ち直して、この状況を挽回したい。

これまでアレックスと一緒に掘り起こしてきた最新情報を、デイルに話した。話しながら、彼が気持ちを集中できない様子なのがわかった。ジェニー・ノックスのニュースに、本当に動揺している。それはわたしも同様だった。話が終わったとき、わたしはデイルに、ペイジかクロエがマークという名前の男性について話すのを聞いたことがあるかとたずねた。

「ああ……ないな。ない」

当然だ。わたしは彼を見詰めた。「あなたには、アリバイについてよく考えてもらいたいの。今のままでは、いつ起訴されてもおかしくないわ。起訴されたら、わたしは——あなたはわたしを必要とする——あなたにアリバイがあると言えなくてはいけない」

デイルは絶望的な表情でわたしを見た。「すまない、きみにとっては地獄のようなものだろう、サム」

わたしは彼の顔を観察した。そこには謝罪と寂しさ以外の何も見て取れなかった。すばらしい演技であって、いまだに、それに心を惹かれるのを感じた。それが最も恐ろしいことだった。わたしは通話機を戻し、その部屋を出た。

34

アレックスと一緒に外に出て車に向かうさい、わたしは胸が重かった。アレックスもわたしも、喋らなかった。考えを整理したくなかった。もしそうしたら、さらに深く落ちこむに決まってる。

でもアレックスが何を考えているか知りたかった。車に乗るまで待った。「彼のことを信じた？」

彼は肩をすくめた。「強姦の訴えのことを知らなかったら、信じたかもしれない。本当に正直に聞こえた。でも今は？　わからない。確信が持てない」

アレックスでさえ、デイルに対する気持ちが変わっていた。傷口をふさぐ方法を見つけなければ、公判になるころにはデイルは死んだも同然になる。国道一〇一号線に乗って事務所へ向かっているとき、ワーナー・ブラザーズの水槽がそびえ立っているのが見えた。ある時点でクロエが会っていたという男性、作家のジェフリー・ブロックリンを捕まえていなかったのに気づいた。いつにもまして何か成果があるという希望を持てなかったが、わたしは必死だった。これに関する最後の糸口だ。それに、気持ちを逸らすものが欲しい。アレックスに、まだ闘えるかと訊いた。

「ああ、いいよ。いるかどうかわからないけど、行ってみる価値はある」

前回セットを訪れたとき、アレックスは製作総指揮者助手のラミーと仲良くなっていた。彼は彼女に電話をして、ジェフが作家の部屋にいることを知った。彼女が撮影所に入れてくれることになった。アレックスがミシェルと話しているとき、わたしはデイルと関わりのあった女性たちのあいだに、あまりにも多くの〝偶然〟があることを考えた。真実はというと、デイルはおそらく全員を殺した――クロエ、ペイジ、ジェニー。それがわたしにわかるなら、警察にもわかっているはずだ。すでに、デイルが働いていたすべての分署――全国にわたる――の未解決殺人事件を持ち出しているだろう。わたしだったら、そうする。

デイルは連続殺人犯なのかもしれない。わたしは喉が詰まり、涙があふれそうになった。意識して深呼吸をした。こんなことに動揺してはいられない。ジェニー・ノックスが殺されていたと公表された今、わたしは二つの前線で闘っている。

駐車場に入り、執筆陣がいるという建物に近い駐車場所を見つけた。ラミーはわたしたちが近づいていくのに気づいて、微笑んで手を振った。わたしには何も関係ない。彼女はアレックスに夢中なのだ。わたしたちに近づいてきて、彼女はあたりを見回してからアレックスに囁いた。「ジェフに、監督の部屋で客が待ってると言うわ。そこからは、自分でなんとかして」

彼女はわたしたちを部屋に案内してから、ジェフリー・ブロックリンを呼びにいった。わたしは身構えた。クロエの友だちは、わたしたちにとっては敵ということになる。

ジェフリーは戸口に立って、眉をひそめた。「誰なんだ?」彼の髪はぼさぼさで、金属縁の眼鏡は鼻のほうへ下がり、服はそのままで寝ていたかのようだ。

「サマンサ・ブリンクマンです。こちらはアソシエイトのアレックス・メドラノ」アソシエイトというほうが、調査員より響きがいいと思った。

ジェフリーは目を見開いた。「あの殺人犯の弁護人か? あんたと話すなんてとんでもない——」

彼は立ち去ろうとした。普通なら、そのまま行かせる。話したくない証人を説得しようとしても意味がないからだ。でもわたしは怒っていて、ぜひとも怒りを共有したかった。

「けっこうよ。それではこのようにするわ。陪審のみなさん、なぜジェフリー・ブロックリンは、わたしたちがデイル・ピアソンは殺人犯ではないかもしれないと考える理由を説明するために、五分という時間も与えてくれなかったのでしょうか？　無実の人間、何も隠すもののない人間ならば、本物の殺人犯の罪を処断するために全力を尽くそうとすると思いませんか？　警察はまちがいを犯しうるとわかっているからです。犯してはいない罪のために二十年も三十年も刑務所で暮らした男女についての物語を、みんな見聞きしています。でもジェフリー・ブロックリンはそれを聞きたがらなかった。なぜならジェフリー・ブロックリンはそれを誰が犯したか知っていたから——そして彼はデイル・ピアー——」

「何を言ってるんだ？　誰もそんなことを信じないぞ！」

わたしは小首を傾げた。「そうかしら？　あなたとクロエは親しかった。みんな、それを知ってる。だから、彼女がデイルに乗り換えたとき、あなたは嫉妬した」それが真実かどうか、実際は知らなかった。「それにあの晩、あなたにはアリバイがない」これについてもはったりだった。もしちがっていたら、彼は警備員を呼ぶだろうし、わたしたちは蹴り出される。この時点では、そんなことはどうでもよかった。

ジェフリーは顎に力を入れた。「わたしたちはつきあってはいなかった。ただの友て言ってた?」

そう。よく言うように、わたしは棚ぼたを期待した。「彼女はデイルについてなんだちだった」

「彼はどうしようもないってさ。警察官とデートする、その感じが好きだったんだろう。彼女にとっては気分転換だった。でも、彼はいろいろうるさかったみたいだな」

「どんなことで?」

傲慢な表情が彼の顔によぎった。「知らないな。あまり話さなかった」

「何を言ってるの。薬のことでしょう。彼女はまた、依存状態に戻っていた」

ジェフリーは長いことわたしを見詰めていたが、ようやくうなずいた。「それについては、わたしも彼の側だった」彼は厳しい顔つきで、窓の外を見た。「見つけたとき、信じられなかった。すごい苦労をして依存状態から抜けて、人生をやりなおしたのに。少しずつ堕落していく彼女を見ていると……本当に辛かった」

「やめさせようとしたの?」

彼はため息をついた。「とんでもなかったよ。彼女に約束させて、わたしはそれを信じる。そのあと、酔ってる彼女を見つける」ジェフリーはかぶりを振った。「彼女が死んだ日、彼女がセットにいられなくなったと聞いた。トレーラーで彼女を見つけた。気分が悪いと言ってね」彼はわたしを見た。「それは、薬を打ったばかりということだった。でも今回、彼女はそれを否定しなかった。自分がコントロールできなくなってると言った」彼は深く息を吸いこんだ。「彼女は助けてほしいと言った。それまで、そんなことを言ったことはなかったのに」

「じゃあ、供給元は撮影所内にいるにちがいないわね」仕事の前に手に入れたとしたら、トレーラー内まで、打つのを待ちはしなかっただろう。

ジェフリーはわたしからアレックスへ視線を移し、またわたしに戻した。「それが誰か、わたしは知っている。でもそれを言うなら、ちゃんと保護してもらわないとな」

撮影所は小さな〝ペイトン・プレイス〟のようなもので、ジェフリーは密告者のレッテルを貼られたくはないのだ。「彼がクロエ殺害と何も関連していなければ、どうにもならないわ」

ジェフリーは背後を見てから、低い声で言った。「〝彼〟じゃなくて、〝彼女〟なんだ。ジェイリーン・トマス。PA――制作アシスタントだよ」

一日じゅう撮影所を走り回る下っ端だ。麻薬を売るには都合がいいだろう。風貌を聞いた。身長百六十七センチ、中肉で、短い黒髪、鼻にピアスをしている。「トレーラーであなたと話してから、クロエは彼女と会ったかしら？」

「いや、それはなかったはずだ。クロエはその日最後の撮影の予定があって、ここに遅くまでいた」

ジェフリーは、たぶんジェイリーンは二十六棟とトレーラーのあいだのどこかにいるだろうと言った。わたしは彼に礼を言った。彼はそっけなく会釈して、執筆者の部屋に戻っていった。わたしたちはジェイリーンを待ち伏せできるかどうか、期待しながら外に出た。

「彼のことは、容疑からはずす？」アレックスが訊いた。

「とりあえずね。彼じゃない気がする。どう？」

「同感だな。彼のほうは友人以上になりたかったのかもしれないけど、殺人犯だとは思えない。身長百六十七センチの女性が、女性二人を殺せるかな？」アレックスは訊いた。

「今は、えり好み――あるいは性差別――をしてる暇はないわ。容疑者が必要なの」

だが実際に会っていると、ジェイリーンは思った以上に見込みがありそうだった。

彼女は二十六棟から、煙草を耳にはさみ、ライターを片手に持って出てきた。完璧だ。

わたしは彼女に歩み寄り、殴られない程度の距離で止まった。「ジェイリーン？」

彼女は振り返って、わたしを見た。「今はアンガスがやっている。わたしは休憩なの」彼女は煙草を手にして、火をつけた。

「わたしは出演者じゃない。ちょっと話したいの。クロエの死について調べていて――」

ジェイリーンは煙を吐き出した。「警察官なの？」

「いいえ。サマンサ・ブリンクマンといって――」

ジェイリーンは一瞬わたしを見詰めて、それから近づいてきてわたしの胸を指で突いた。「クソ野郎の弁護士なの？　ふん、どこかへ失せろと言いたいわ」

わたしは彼女の手を払った。「そうね、あなた、彼女とはとってもいいお友だちだったものね」

ジェイリーンは煙草を落として、わたしを殴ろうとして、右手を拳に握って後ろに引いた。アレックスがあいだに入って、彼女を押しのけ、わたしを病院行きから救ってくれた。彼はわたしに背を向けて、彼女を押さえた。

アレックスが彼女の首をつかまえているので、わたしは安全に彼女と向き合えた。

「あなたが彼女の人生を破壊した、あんなものを売って――」

「嘘ばっかり！」ジェイリーンはアレックスの肩越しに、吐き出すように言った。

「彼女はノイローゼになりそうだった、でも誰も心配しなかった。みんな、彼女を利用したかったの。彼女のことを気にかけたのはわたしだけだった。誰が何を言おうとかまわない。わたしがいなかったら、彼女は一日を過ごせなかった」

彼女は肩に回されていたアレックスの腕を振り払い、乱暴な足取りで去っていった。

わたしはそれを見送った。

「クロエは、我らがジェイリーンにとって、単なる顧客じゃなかったようだな」アレックスは言った。

わたしはうなずいた。「ジェイリーンにアリバイがあるかどうか、調べましょう」

「ぼくがやる」

（上巻終わり）

◉訳者紹介　**高山祥子**（たかやま　しょうこ）
東京生まれ。成城大学文芸学部卒。出版社勤務後、英米文学翻訳家。主訳書：M・A・ロースン『奪還』（扶桑社海外文庫）、ハワード『56日間』（新潮文庫）、ソログッド『マーロー殺人クラブ』（アストラハウス）、クリントン『WHAT HAPPENED 何が起きたのか？』（集英社）他、多数。

弁護士サマンサ・ブリンクマン
宿命の法廷（上）

発行日　2023年4月10日　初版第1刷発行

著　者　マーシャ・クラーク
訳　者　高山祥子

発行者　小池英彦
発行所　株式会社 扶桑社
〒105-8070
東京都港区芝浦1-1-1　浜松町ビルディング
電話　03-6368-8870（編集）
03-6368-8891（郵便室）
www.fusosha.co.jp

印刷・製本　図書印刷株式会社

定価はカバーに表示してあります。

ISBN 978-4-594-09089-0　C0197